役立たず聖女でしたが『異世界通販』で辺境の地を救ったら騎士団長に求愛されました

鳴澤うた

この作品はフィクションです。
実在の人物・団体・事件などに
一切関係ありません。

役立たず聖女でしたが『異世界通販』で
辺境の地を救ったら騎士団長に求愛されました

CONTENTS

役立たず聖女でしたが異世界通販で辺境の地を救ったら騎士団長に求愛されました

◇一章　役立たずの聖女クリスタベル・ファル

「クリスタベル・ファルよ。前へ」

「……は、はい」

謁見《えっけん》の場に集められたのは、アルシア王国に住まう『聖女』たち。

アルシア国周辺国家は太古《たいこ》から、国民は八歳になったら教会で神の洗礼を受ける。

そこで稀《まれ》に神から祝福《ギフト》を授《さず》かることがあるのだ。

信仰する神から祝福を授かった国民は『聖女』『聖人』と呼ばれ、ギフトの種類にあった職に就き、国に仕える義務がある。

国王に呼ばれたクリスタベル・ファル――通称ベルも、そんな聖女の一人。

彼女は、かしずく他の聖女の列からオドオドと外れる。

爽やかなミント色のどんぐり眼は、怯《おび》えで揺れており、唇は小刻《こきざ》みに震えている。

顔を上げるのも怖い彼女は、小麦色の真っ直ぐな髪で顔を隠したまま、国王陛下の前で膝をついた。

「クリスタベル・ファル。汝《なんじ》に使命を与える」

「は、はい……」

「魔物によって窮地に立たされているウェズリンの土地に出向き、聖なる力で先発隊の兵士を助け、平和を取り戻せ」

荘厳《そうごん》な静けさの中、国王の命が謁見の場に響く。

刹那、場内がざわついた。

「あのベルを？」

「陛下は本気なのか？」

「自分の持つ『ギフト』をつかえない聖女を、窮地にあるウェズリンに派遣させるなど」

「大聖女様はどうしたのだ？　あの方は『魔物を操れるギフト』をも、お持ちではなかったか？」

騒然とした中、ベルは白い顔を真っ青にし、震えながらも懸命に王に訴えた。

「へ、陛下……っ、お、恐れながら！　私が神からいただいたギフトは……使い物にならず、助けになるどころか、足手まといになります……！」

陛下だって知っているはず――――ベルは聖女でありながら『ギフト』をつかえない『役立たず聖女』だということを。

それほど、ベルは悪い方で有名なのだ。

ざわつく場内を王が手を上げ制すると、再び静寂に包まれる。

「それについて、大聖女エルミリア・コーネが話すそうだ」

王の後ろに控えていた女性が、大きな宝石の付いた杖を携え、前へ出る。

聖女の中で一番高い地位にある者が受け取れる国宝の『福音《ふくいん》の杖』を持ち、ラベンダー色のドレープのあるマントを羽織る女性は、白に金糸を縁取りした衣装を身に纏っている。

豊満な肢体は波打つ美しい黒髪によって隠されているが、妖艶《ようえん》な魅力はオーラとなって発している。

現に、場内にいる男たちの鼻の下が伸びきっている。

堂々たる姿に見合う、自信を覗かせた顔も美しい。

彼女がこの場にいただけで「この話はおしまい」になりそうだ。

――実際にそうだった。彼女はカリスマ性を持ち合わせている。

「天啓《てんけい》がありましたの。『クリスタベル・ファルのギフトは、ウェズリンの地で花開くであろう』と……。きっと、今のウェズリンの状況を打破《だは》してくれるに違いありません」

エルミリアはニコリ、とベルに向かって微笑むと、杖を両手で握りしめ、祈りのポーズをする。

「クリスタベルとウェズリンに神の祝福を。ご加護がありますよう、微力ながらわたくしもお祈りしております」

◇　◇　◇

（……そう言われて、『そうですか、じゃあ、頑張ります！』って……無理でしょう）

もう何度目の溜め息か。

自他ともに認める『役立たず聖女』。

けれど、ここで拒否したらこの国に自分の居場所はない。

しかも国王命令だ。絶対に断れない。

「かしこまりました……」と、弱々しい声音で承諾したベル。

次の日にはこうして幌馬車に乗り、一路ウェズリンへ向かう途中。

先発隊よりずっと少ない数の兵士に不安を覚えながらも、ベルは何も言えずに大人しく幌馬車に乗り込んでいる。

（急に決まった感じがするし、兵士の人選も適当っぽいし。きっと厄介払いのつもりなんだろうな……）

兵士だって緊張感なしで、欠伸《あくび》などしている。

聖女とはいえ『役立たず聖女』と一緒では、やる気も起きないのだろう。

舗装の悪い道で馬車が左右に激しく揺れる中、ベルはそっと片手を宙に掲げ小さい声でギフトの言祝《ことほ》ぎを口にする。

「オープン」

これは自分がギフトをもらった際に、自然に頭の中で浮かんだ言葉だ。

他の聖女も自分だけが使う『言祝ぎ』を持っている。

初めにそれを述べることで、個々のギフトがつかえるのだ。

ベルが言祝ぎを唱《とな》えると、目の前に長方形の透明の板が出現した。

「ここからが問題なのよ……」

ジッと板を見つめる。板には見知らぬ文字と写実的で鮮明な、見たことのない絵に、数字らしきもの。

「せめてこの文字が読めれば……」

大聖女エルミリアの天啓によればウェズリンに行けばつかえるようになるというが、今も板と睨めっこしても全く読めないし、何に使うのかも閃《ひらめ》いてこない。

この読めない文字、読めない数字のせいでこのギフトの使い方が全くわからず、『役に立たないギフトを授かった聖女』略して『役立たず聖女』と呼ばれているのだ。

それでも聖女は聖女。

希少性から親元を離れ、教会や王宮で育てられ、ギフトを国のために行使して、いずれは貴族や王室に嫁いでいくのがお約束だ。

しかし、ベルの役立たずぶりは国中に広まっており、『ただ飯ぐらいのクソ聖女』とまで言われて「嫁ぎ先は我が家に！」なんて立候補する貴族なんていない。

当然、同じ聖女仲間からは嫌われており、無視されている状態だ。

せめてもと、掃除と洗濯、食事作りをやっているが、それだって雇われている者がいるのだから迷惑でしかない。

聖女を辞めて実家に帰ろうと思ったが、自分が役立たず聖女だと広まったことで親から絶縁されている。

商売をしているから、役に立たない聖女が生まれた家だなんて広まったら、商《あきな》いに支障が出ると考えたのだろう。

行き場のないベルはいつも俯《うつむ》いて、誰もいない場所を見つけては自分のギフトの文字を訳そうと頑張っていた。

（でも……）

大聖女エルミリアが自分に告げた天啓が本当ならば、ウェズリンで能力が発揮される。

（そうよ……エルミリア様のお言葉を信じてウェズリンに行こう。そしてギフトが使えるようになったら、頑張っている兵士さんや領民のためにこの力を行使しよう）

今のベルにとっては、エルミリアが受け取ったという天啓が唯一の頼りだった。

ベルは拳《こぶし》を作り、気合いを入れたそのときだった。

ガタン、と馬車が止まる。

(なにかあったのかしら……？　もしかしたら魔物？)

ウェズリンには、今日の夕方には到着する予定だ。

生息地が拡大してこの辺りにも魔物が出るようになったのかも知れないと、身を縮こませる。

しかし、それは違うようだ。

——入ってきた兵士に無理矢理、外へ追い出されのだ。

「？？？　まだウェズリンに着いてませんよね……？」

意味がわからず、恐る恐る兵士に尋ねる。

ベルは役立たずとして蔑ろにされてきたせいか、対話が苦手だ。

だからオドオドとした態度しか取れない。

そんなベルを見て兵士たちは、ニヤニヤと下卑《げび》た笑いを見せた。

「送迎はここまでだ、クリスタベル・ファル。ここから歩いてウェズリンに行け」

「夜までに辿り着けるといいなあ」

「ここ周辺も夜になると魔物が出るんだってよ」

「まあ、ウェズリンについてもあんたは魔物の餌《えさ》になるんだけどな」

どういうことなのだろう？

「あ、あの……一緒にウェズリン魔物討伐《とうばつ》に向かうのでは……？」

ベルの言葉に兵士たちは、笑いながら代わる代わる答える。

「行くわけねぇだろ！　ウェズリンはもう『極悪犯罪者の流刑地《るけいち》』と、国王陛下がお決めになったんだ」

「そうそう、先に派遣された王立騎士団も今頃、撤退しているんだぜ」

「んで、あんたは『流刑地に追放』処分なわけ」

「罪状は『聖女でありながら国のためにギフトをつかえない罪』な！」

下品な声を出しながら笑い続けている兵士たちを、ベルは愕然と見つめる。こんなに真っ直ぐに人の顔を見たのは数年ぶりだ。

「う……そ。だって……エルミリア様は……『ウェズリンでギフトがつかえるようになる』って啓示《けいじ》を受けたって……」

「ばっかだな～。あの場で本当の理由なんか言うわけないじゃんか！」

「ウェズリンが流刑地になることも、あんたが流刑地に追放になることも秘密なんだよ」

「そんな……」

今度は、あははははは！　と笑いながらベルを小突いてくる。

自分は死ぬために、ウェズリンに向かっていたのか？

エルミリア様は嘘をついた？

「そうだ、役に立たなくて追放される聖女に服なんて、いらないよな？」

「そうだよな。王都で売っちまおうぜ」

「――ついでに、魔物に食《く》われる前に……」

ギラついたいやらしい目つきになった兵士たちに、ベルは後ろに下がる。

「や、止めて……」

咄嗟に脇の森の中へ駆け込む。

（逃げなきゃ、逃げなきゃ……！）

しかし、鍛えていない体は、あっさりと彼らに捕まってしまった。後ろから羽交《はが》い締めをされてしまう。

「止めて！　いやっ!!」

捕まえている腕に噛みつく。

「いてぇ！　なにすんだ、てめぇ！」

兵士はベルの体を樹に向かって投げ飛ばした。

全身を強打したベルは、樹の幹に背中を摺り合わせるようにずり落ちた。

痛みと衝撃で頭がぼんやりする。

兵士らが舌なめずりしながら近づいてくる。

頭がズキズキする。気持ち悪い。樹に向かって投げ飛ばされたときに、頭を強く打ったんだ。

（死のう……。もう、こんな人生、嫌だ……新しく生まれ変わったほうが、きっとずっといい……）

自分が受け取ったギフトの正体がわからないままなのは寂しいけれど、つかえるようになっても、結局は役に立たないかもしれない。

そう思った刹那――視界が真っ赤に染まった。

「……えっ？」

ぼんやりとした眼で目の前を眺める。

魔物だ。四つ足の、額《ひたい》に角《つの》。後頭部にもう一つ鋭い歯を持つ口が涎を垂らして開いている。

一人、額の角でやられたようだ。他の兵士たちは叫び声を上げながら逃げていく。

魔物はベルの方角に体を向け、臨戦態勢に入った。

（食べられるのかしら……。食べるならその前に一思いに殺してほしい）

ベルは目を閉じ、命が消える瞬間を待っていたそのときだった。

「おい！　しっかりしろ！」

突然、自分の頬を叩かれた。

再び目を開けると、魔物に立ち向かう数人の兵士がいる。

自分を抱き上げて頬を叩いた彼は、他の兵士より一際凛々しい青年だった。
急いで来たのか髪が逆立《さかだ》ち、息が荒い。
コバルトブルー色の瞳が、真っ直ぐに自分を見つめている。
（……私、助かるの……？）
この人、知ってる気がする。
（ええと……誰……だったかな……）
目が霞《かす》んでくる。見えたのは青い襟元。
（ああ、確か……『青の鷹騎士団』の……団長……さ……ん）
助かるという安心感に襲われたベルは、彼の胸の中で意識を閉じた。

『何を買おうかな』
『そうだった、風呂場の蓋《ふた》を買うのが最優先でしょ、私』
頭の片隅で私が――『元』私が、画面を見ながら検索している。
『画面』？『検索』？知らない言葉なのに、私は理解している。
知らない文字列が並ぶ長方形の板で、文字を打つ。

パッと出たのは——私がいつも見ている、なんだかわからない写実的な絵！
やっとわかった！
『通販』だ！
『オンラインショップ』だ！
私の前世は——オンラインショップで色々な物を買うのが好きな『通販女子』！
「思い出した！　私のギフトは『異世界通販』！」
私は叫びながら目覚めたのだった。

◇二章　目が覚めたらウェズリン。そして前世を思い出しました。

「期待して待っていた聖女が『役立たず聖女』のクリスタベル・ファルだったとは……」

目の前で額を抑えながら唸っている青年は、王立騎士団『青の鷹』の騎士団長ディラン・ノックス。

どうりで見たことがあると思ったら、王宮で何度も見かけたからだ。

彼が団長として所属している『青の鷹』は王宮の警備、および要人の護衛をしている。

護衛対象はライオネル・ルカ・アルシア。この国の王太子。

「ディラン様こそ、どうしてウェズリン《ここ》に？」

私の問いにディラン様は盛大な溜め息を吐いた。心底「こいつ無能」という顔をして。

「王太子の命で魔物討伐をしているのだ。……まったく、王宮に住まう聖女なら知っているだろうに……」

「申し訳ございません。何せ『役立たず』な聖女ゆえ、末端な上に同じ聖女から無視されている私には情報が回ってきませんもので」

よどみなく、ハキハキと答えた私にディラン様は目を白黒させ見下ろしてくる。

ちなみに今、私は豪華な部屋の大きくてフカフカなベッドに寝かされている。

どうやら『聖女』様のために用意した個室らしい。

調度品も品がある物で、ベッドには天蓋《てんがい》まで付いている。部屋に色鮮やかな花が飾られているのを見ると、聖女が来るのを心待ちにしてくれたんだろう。

――やっときたのが、力をつかえない私『役立たず』の聖女なわけ。

そりゃあ、ガッカリするよね。

「すまない、言葉が過ぎた」

すぐに頭を下げて謝罪してきたディラン様に、今度は私が驚いた。

「魔獣相手の戦いだ。なので、『魔獣を操ることができる』大聖女エルミリア様がいらっしゃると思ったんだ。なのに、来たのがその、『どんなギフト』なのかわからない君だったから、不思議に思ったのだ」

ものは言いようだわ。言い方一つで不愉快さが軽減される。

「い、いえ……。そう思うのは当然だと思います。聖女は神からいただいた祝福《ギフト》の内容によって適材適所へと、派遣されますもの」

「なぜエルミリア様ではなく、君が派遣されたのだろうか？」

――ここが罪人の処刑場になったのを、まだ知らない？

——もしかしたら『青の鷹』に、撤退命令が出ているのも知らないのかしら？

「あの……私、助けていただく前に、兵士たちからこんなことを聞いたのですが……」

私は魔獣に襲われる前の出来事を、彼につぶさに語った。


私の話を全て聞いたディラン様の顔は真っ青だ。

「大至急連絡して事実確認をする！　——あ、君はまだ安静にしてくれ。頭を切っていて縫合《ほうごう》したんだ」

「ほ、縫合!?　あ、あの治癒《ちゆ》で綺麗に塞《ふさ》がらなかったんですか？」

騎士団だから、優秀な治癒系の魔法使いとか看護兵とかいるよね？　そんな意味を込めて尋ねる。

「看護兵はいたが魔物にやられて王都へ帰した、今はいない。魔法使いもだ。代わりにウエズリンで生活している魔女が君の治療にあたった。不満があるなら魔女のリコリスに聞いてくれ。でもまずは安静にしろ、わかったな」

早口で捲《まく》し立て、ディラン様は慌ただしく部屋から出て行った。

「あー……とにかく何がなんでも『安静』ということで……」

兵士の一人に樹に投げ飛ばされたとき、頭を切ったんだ。恐る恐る後頭部に触れるとしっかりと包帯《ほうたい》が巻かれていた。

「もしかしたら、けっこうな怪我だったのかな……」

だからこそ――前世の記憶が甦って、ギフトの使い方がわかったんだろう。

「これが『怪我《けが》の功名《こうみょう》』というものか」

うんうん、と一人納得した私。

よしよし。窓や扉の外に誰もいないことを確認して、ベッドに座ってさっそく試してみるぞ『異世界通販』！

「オープン！」

私の目の前に画面が現れる。画面に表示された写真に唸った。

「風呂の蓋だよ……」

そう、前世の私は『ネット通販好き女子』だった。

結婚に魅力を感じていなかったので、お一人様を満喫《まんきつ》しているアラサーだった。

『私』は女ということは覚えているし、前世の記憶もある程度思い出したけれど、名前は思い出せない。

生まれ変わった今はクリスタベル・ファルという名前なのだから、それさえあればいいかと思うので気にしない。

一人暮らしの三十四歳。そこそこ出世してそこそこ貯蓄《ちょちく》した『私』は、一生の投資としてマンションを購入した。

ファミリータイプの、広さのあるマンションだ。いざとなったらファミリー層向けのほうが買い手が付きやすいのだ。

住んで一年目でうっかり風呂蓋を壊してしまった。まあ……過信《かしん》していたというか……足浴《あしよく》しながら読書するとき、風呂の蓋に座っていたのがまずかった。

決して私が重かったわけじゃない。間違った用途で使ってしまったせいだ。

せっかくだから風呂蓋の他に、入浴用の椅子も買っておこうかな。

あっ！　お気に入りのパンが安売りしてる！

このワンピース可愛い。でも、着ていくところないか。

パソコンを開いて通販サイト巡りはいつものことで、脱線するのもいつものこと。

『何を買おうかな』

『そうだった、風呂場の蓋を買うのが最優先でしょ、私』

本来の目的を忘れてしまうのもいつものことだと、私は画面上に数種類並んでいる風呂蓋を眺めていた。

――突然、違和感に頭を抑えた。

『頭痛い……』

頭全体を締め付けるような初めての痛みに、私は恐怖を感じた。

普通の頭痛じゃない。

嫌な予感がして私は頭に振動を与えないよう、そろそろと動いてスマホを取ると、119番にかける。

名前と住所と電話番号を伝える間にも痛みは強く激しくなって私は――。


「……そこから記憶がないから多分……死んだんだろうな」

あのマンションはどうなったんだろう？　親か兄弟が処分したのか住んでいるのか。

「まあ、どうにかしてくれてるでしょ。――今はこっちのことをなんとかしないと」

ファンタジー世界に転生した私には、前世で利用していた通販ができるという異能《いのう》がついたわけだ。

よほど、風呂蓋が買えなかったことが悔しかったのだろうか？

自分でもよくわからないけれど、目の前の画面はお目当ての風呂蓋だ。

「これじゃあ、何に使うのかわからないはずよー。この世界には風呂蓋なんて、ないもの」

前世の記憶が甦ったから、文字も数字もわかる。

けれど、どうやって画面を変えるんだろう？　検索の仕方は？

恐る恐る浮いている画面に触れると、上に検索ボックスが表示される。

「おお……！　でも、どうやって入力するんだろう？　言葉？　でもネーミングのわからない物だってあるから、キーワード検索できるキーボードがあれば……」

ん、待って。

私は検索ボックスに人差し指で触れる。

すると――出たよ、文字入力のひらがな五十音！

「あははは！　懐かしー！」

思わず笑ってしまう。

早速買ってみよう！　と検索したのは『菓子』。

「すぐに食べられるチョコとか、スナックかな……？」

入力して出てきた画面に、またもや感激してしまう。

「スナック各種！　一口サイズのチョコ！　焼き菓子各種！」

ポンポンポン、とカートの中に入れていく。

商品の内容は前世の物と変わらない。私は嬉しすぎてベッドの上でポンポンと跳ねた。

ちっとも安静にしていない自分に「いけない」と頭を小突く。

そこで気づいた。

「支払い方法は、どうなってるのかしら？」

カートの中身を確認して、支払い方法に進む。

さすがに支払い方法は異世界ファンタジーだった。

「ええと……何々？　『現金』『魔石』……魔獣を退治したときに出る石のことね。あとは『魔力』『聖力』。へぇ……。それと『体力』に『生命力』……これが一番やばい支払い方法な気がする」

しかも、リボ払いや支払い回数まで選ぶことができる。

「……とりあえず私の聖力を使って支払いしようかな。って、私に聖力あるのかしら？」

心配になって、どこかに自分の聖力が確認できる画面を探す。

「──あ、あった！　支払い方法を選択すると出てくるわけね」

現在の自分が持つ聖力が表示されている。

「考えてみたら、この数値が低いのか高いのかわからないわ」

それでも、今カートに入ってる分を聖力で支払っても、あまりある。

「んん、じゃあ薬も買おう」

負傷している兵士や騎士もいるかもしれないし、病気だって怖い。

治療を担当する者がいないのなら必要な物だ。

「ええと……まずは消毒液、ガーゼに包帯。抗生物質が入った塗り薬、貼って治す絆創膏《ばんそうこう》、ハサミやピンセットにテープ、風邪薬に湿布《しっぷ》に……あれ？　押せない商品がある」

文字が薄っすらとしている画像を押してもカートに入らない。

「あこれって、ファンタジーによくあるレベルが上がらないと買えないってやつかな？」

とりあえず必要そうで購入できるものは全部カートに入れて『お支払い』を押す。

「『支払い方法』は『聖力』で……うん、大丈夫。聖力余ってる。『一括払い』OK！　では、行きます！　『確定』！」

勢いよく『確定』を押すと、

《お買い上げありがとうございます》

という画面表示になり、目の前に購入した品物が一瞬で出現した。

「――うわっ！　出た！　梱包《こんぽう》されてないんだ」

驚いたけれど、全部揃っていることを確認する。

医療品はあとで持っていくために、纏めてベッドの下に置いておく。

「あとは……」

私は目の前にあるスナック菓子に焼き菓子、そしてチョコレートに炭酸飲料に目を輝かせた。

「ベルに生まれ変わってからお久しぶり！　の、お菓子ちゃん！」

ポテトや枝豆《えだまめ》のスナック、海老《えび》のせんべい等々の袋をベッドの上で盛大に開ける。

ポテトのパリッと、軽い歯ごたえに塩気が懐かしい！

懐かしさに一気に半分も食べてしまい、「やばっ」と炭酸飲料を開けてぐい飲みをする。

「たまに食べると美味しいのよね～。というか十八年ぶりくらい？　ああ幸せ～」

と喜んでいるけれど、異世界へ運ぶもののせいか、少々前世と違う点がある。

飲み物はペットボトルじゃなくて硝子瓶《ガラスびん》だし、スナック菓子の袋も頑丈な紙でできている。クッキーは缶だし、チョコレートはここの世界風に箱に入っている。

「こっちの世界とあまりに違う部分は、変わるシステムなのかしら？」

まあ、それはおいおい見ていこうと、私はクッキーを食べながら再び通販画面を開いてポンポンと画面を変えていく。

「生物《なまもの》の食料品も購入できるんだ。……今のところ購入できるのは鶏肉と豚肉に牛肩肉。スーパーで手に入りやすい野菜に調味料。レトルトも数種類購入できる。あとは、キッチン用具や金物系、衣料も！」

私は自分の着ている下の服――要するに下着を思い出す。

カボチャパンツとタンクトップみたいな下着。生地《きじ》は麻《あさ》なので着心地は悪くないけれど、タンクトップでは胸をしっかり押さえられない。

「下着……買おうかな……」

胸を両手で押さえて考え込んでいたら、後頭部がムズムズしてくる。

「ん？　なんか痒《かゆ》い」

後頭部に巻かれた包帯を外し、痒いところを探ると、糸が出てきた。

「……もしかしたら、怪我して縫った場所だった!?」

取れちゃった!? 慌ててその場所を探るけれど、怪我したような場所はない。

おかしいとその周辺をも指のひらで探す。やっぱりない。

「頭の怪我……治った?」

どうして? 考えてみたけれど、答えは『これ』しか見つからない。

「異世界の物を食べたから……?」

私はスナックに目を下ろしつつ、覚悟する。

「やっぱりこの目で見ないと、嘘《うそ》か真《まこと》かわからないよね……」

私は購入した鋏で少し、ほんの少し手の甲《こう》の皮膚《ひふ》を切る。ほんの少しだよ!

怖くて皮一枚しか切れなかったけれど、怪我したことには変わりない。

それからチョコレートを一つ口の中へ放り込み、炭酸飲料を飲む。

でも、変化はない。

「もう少し食べてみよう」

と、クッキーと枝豆スナックを。

すると、切った部分がスッと消え、元の状態に戻った。

「治った……っ」

もう一度、通販画面を開き、自分の聖力を確認する。

「満タンに戻ってる……！　異世界の物を食べると治癒できて、力が戻ったりという付加《ふか》が付くんだ！」

私のギフトってすごくない？

ただ通販できるだけじゃなくて、治癒したり体力や聖力までも戻せるなんて。

「よおし！　これで兵士さんたちや村の人たちを元気にできる！」

もう、『役立たず聖女』なんて言わせないから！

ガッツポーズ！　――していたら視線を感じた。

僅かにドアが開いていて、そこから小さな目が四つ。子供が覗いている。

子供は真っ先に避難対象だったはずだけれど、まだ残っていたんだ。

私は声をかけた。

「入ってきたら？　お菓子、食べる？」

柔和《にゅうわ》な態度で話しかける。

「いいの？」

返ってきた言葉は小さな女の子の声。

「いいよ。一緒に食べよう」

そう答えると「うん」と嬉しそうに大きく扉を開けて入ってきた。

まだ小さな女の子と、少し大きい男の子――二人。

女の子は小麦色の髪をおさげにして、シンプルなワンピース。垂れ目のなかなか可愛い子だ。

男の子のほうは茶髪のくせ毛。鼻周辺にそばかすがあって、わんぱく少年っぽい。いかにも「こいつ怪《あや》しい」という表情を私に向けながら、そろそろと近づいてくる。

先に駆け足で近づいてきた女の子に、私は箱の中に入ったチョコレートを見せる。

チョコはこの世界にも流通しているはずだから、変な顔されないはず。

「うわぁ！　チョコレートだ！」

女の子は目をキラキラさせながら一つ取って、ポンと口の中に入れた。

「おい！　アラナ！　怪しい食いもんを、すぐに口の中にいれんな！　毒だったらどうするんだよ！」

男の子が駆け寄ってアラナと呼ばれた子の肩を揺らす。

——って、何で毒なのよ。

「毒なんて入ってないわよ」

「おいしいよ、ルイス」

私とアラナは同時に男の子に告げる。

男の子の名前はルイスというらしい。

「だっていきなり食いもん出してきたじゃんか！　俺たち見てたんだからな！　悪魔か何

かから渡された食いもんだろう！」

　指さしながら声を上げてきて、ちょっとムカつく。

「人を指さすんじゃありません。それから私の名前はクリスタベルっていうの。みんなベルって呼んでる。それから一応『聖女』なので！　いきなり出てきた食料とかは聖女のギフトです！」

「うっそだー！　そんなギフトを持つ聖女なんて聞いたことないぞ！」

「聞いたことがなくてもギフトはギフト。それに人によっては、変わったギフトを持つ聖女は結構いるのよ。『重さを変えられる』とか、『遠くの人に連絡できる』とか、大聖女様なんか『魔獣を操る』と『聖なる結界を張る』の、二つのギフトをお持ちだし」

「へぇ～」と二人は、感心したように声を出す。

　私はルイスにニカッと笑いかけながら、スナックの袋を開けて差し出した。

「ほら、食べてみて。初めての味だぞ～」

　子供はお菓子の魅力に抗《あらが》えない。

　ルイスは初めて嗅ぐ香りに引き寄せられスナックを取ると、恐る恐る口の中に入れる。

　すぐに「パアッ」と顔を上気させた。

「う、うめぇ！」

「でしょでしょ？　さあ、食べな食べな。他に子供はいないの？　いたら呼んで来なよ」

袋を渡しながら二人に尋ねると首を横に振った。

「ほかの子供たちはね、ひなんしたよ」

「残っているのは俺たちだけなんだ」

「そうなの？　アラナとルイスは、どうしてウェズリンに残っているの？」

聞いた途端に二人は、シュンとなって俯いてしまった。

「俺たち、親なし子なんだよ」

「……ごめん、嫌なこと聞いちゃったね」

ちゃんと考えて尋ねるべきだった、私は取り寄せしたジュースを二人に渡す。

「わぁい」と喜んで飲んでくれたのでホッとする。

ルイスなんか、すぐに馴《な》れ馴れしくなって、一緒にベッドの端に座り、アラナも習って隣に座る。

ルイスは五歳。アラナは三歳だという。

「俺の両親は病気で亡くなったんだ。アラナは、婆ちゃんと一緒に暮らしていたんだけど、亡くなった。ウェズリンの住民は領主様家族と隣の領地とか王都に避難した。だけど、俺たちは教会にお世話になっていて、牧師さんを置いていけないからさ。ここに残ったんだ」

「うん、おじいちゃんだしね。あたしたちが、ぼくしさまを守るの」

えへん、とアラナが威張る。

「そうなのね、二人とも偉いわね。――ここは、教会？」

「ううん。ここは領主様のお屋敷だよ。この建物がこの辺では一番大きいから、騎士団も牧師様も寝泊まりしてるよ。牧師様に『聖女様の様子を見ておいで』って言われて、見に来たんだ」

「めっちゃ、元気になってよかったね、ベル」

舌っ足らずでニコニコと一生懸命に話すアラナに、ルイスが「口にチョコついてるぞ」とハンカチで拭ってやる姿は、血が繋がらなくても仲のよい兄妹のようでほんわかする。

「――そうだ、魔獣討伐の助けになるために私が聖女としてウェズリンに来たんだけど、今ってどうなっているの？」

さすがに「ここは罪人の流刑地になった」と言えない。

ディラン様には包みなく話したけれど、子供たちに話すこともないだろうし。

彼が撤退するか残留するか決めるだろう。

「騎士とか兵士とか怪我で大変なんだ」

とルイス。

「リコリスが、がんばって治してるけど、一人だからたいへんなの。ぼくしさまも、がんばってんの。でもおじいちゃんだから、すぐにつかれちゃう……」

アラナがジュースの瓶を両手で持ちながらシュンとする。今にも泣きそうだ。

「そっかぁ……」

——とにかく、今は怪我した騎士さんや兵士さんを元気にしなくちゃ！

異世界から買った食品は、こっちの世界の人間が食べると怪我が治り、元気になるのは確認した。

「よし！　じゃあ、頑張って魔獣と戦っている騎士さんや兵士さんが元気になるご飯を作ろう！」

きっと、でたらめに言った大聖女エルミリアの預言《よげん》？　を本当にしてやる！　——私は再びガッツポーズをした。

◇三章　聖女が作ったご飯を召し上がれ！

取り寄せた医療品を木箱に入れると、ルイスとアラナに牧師様の元へ届けさせた。

少しでもお役に立てればと、追加で買った栄養ドリンクも。

その間、私は菓子をもしゃりながら食材選び。途中で聖力が枯渇《こかつ》したら困るしね。

「でも、食べ過ぎで太るとか……身体についたお肉でも支払えるようにしてほしいな……」

呟くけれど、さすがにそれは駄目《だめ》らしい。お支払い方法に新しい項目はなし。くっ……

そこまでギフトは甘くないってことね！

「男性が多いから、肉料理がいいよね。だとしたらステーキなんだろうけれど、一人で焼き続ける自信がない……」

——だとしたら。

「ようし！　あ・れ・でいこう！」

まずは牛肩肉を買う。

騎士隊は一隊十人から多くても二十人と聞いている。それプラス兵士の数。

もしかしたら、まだ残っている村人もいるかもしれない。

何人いるんだろう？　数えてくるかとベッドから出たらルイスとアラナが戻ってきた。

一緒にご老人もいる。この人が牧師様かな？

「ベル！　ぼくしさまが元気になった！」

と、アラナが私に抱きついてきた。

牧師様は私に深く頭を下げる。

「聖女ベル様。わたしに素晴らしい施《ほどこ》しを与えてくださり、ありがとうございます。おかげで――今までにないほど元気いっぱいですわ！」

とその場でジャンプはするわ、回転はするわ、二の腕の筋肉は見せるわ。

いや、なんか筋肉隆々じゃない？　牧師というよりボディビルダー？

「体が若返ったようですよ！　まさか再び己《おのれ》の盛り上がった筋肉を拝める日がくるなんて！」

「あ……あ、そ、そうですか……よ、ようございました……ハハ」

栄養ドリンクは止めたほうがいいかな……。

「すげえ、牧師様！　筋肉モリモリだ！」

「わーい、ぼくしさま！　いつもよりまわってるよ！」

ルイスとアラナは牧師様の二の腕に掴まって、くるくる回されています。

「あの……ご相談がありまして……よろしいでしょうか？」

「なんなりとおっ！」

回っていた牧師様が止まってルイスとアラナは目を回している。大丈夫かな？　と思ったけれど、本人たちは笑い合ってるので良しとして牧師様に尋ねる。

「今、ウェズリンに在住してらっしゃる住民と騎士様、兵士様の数を教えていただきたいのですが」

「そうですな。怪我人をいれたら六十人ほどでしょうか？　……それが何か？」

「はい。皆様が元気を取り戻せるよう、手料理をと……思いまして」

「それはよい考えですな！　飲み物一本でここまで私は回復しましたから！　いや！　回復以上ですよ！　力が漲《みなぎ》っておりますから！　ベル様がお作りになった料理を食べればみな、あっという間に元気を取り戻すでしょう！」

私も手伝いましょう！　とありがたいお言葉をいただき、私はポチポチと食材を購入した。

◇　◇　◇

「本日の討伐数は五」

「負傷数は？」

「軽傷合わせて騎士隊一人、兵士十人です」

ディランが眉を寄せ唸る。

一日に出現する魔獣の数が増えている。それに比例して怪我人も。

「今日は、手強《てごわ》いやつが一匹だからよかったものの、このままでは怪我人が増える一方です。王都から援軍は来ないのですか？　治癒師さえも送られてこないなんて……おかしいですよ。やっと来た聖女は『役立たず』と有名なクリスタベル・ファルだったし」

副団長は困惑した顔でディランに告げる。

ディランは額に手を当てながら椅子に座り込む。

ディランも連日魔獣討伐に出ていて、心身ともに疲れ切っていた。

怪我をしたベルを屋敷へ連んだ後、再び討伐に向かったのだ。

日に日にやつれていく騎士や兵士たち。治せる治癒師は初日にやられた。

薬を作れる魔法使いだってそうだ。

幸《さいわ》いウェズリンにも魔法使いがいて薬を作ってくれているが、負傷者数が多くて間に合っていない。

国王陛下に現状を書面に書き、大至急増員をお願いしたが一向にやってこない。

頼みたくはないが、友であり、本来の護衛対象であるライオネル・ルカ・アルシア王太子に伝達を送ったのが昨日。

入れ替わりでようやく聖女がと思ったら、やってきたのはあの『ギフトが使えない』クリスタベルだった。

しかも、途中で魔獣に襲われていたという始末。

共にやってきた護衛の兵士たちは兵士と言えないほど能力が低くて、ほとんどが魔獣にやられていた。

当たり前だ。彼らは兵士ではなかった。生き残った者に聞いたら、王都で金と引き換えに雇われたチンピラどもだったのだ。

「いったいどういうことだ？　ようやく来たのは役に立たない聖女に、チンピラ兵士数名」

――王都で、いや王宮で何かあったのか？

不安は的中した。

目が覚めたベルが話した内容に、ディランは絶望と怒りで目眩《めまい》がしたほどだ。

同時に、どうしてベルがきたのか、どうしてチンピラ兵士が送られてきたのか腑《ふ》に落ちた。

「……この土地は陛下に見捨てられたのだ」

ディランの声を絞り出した内容に、副団長は真っ青になった。

「どういうことです？　この土地を見捨てる？」

「この地を『極悪犯罪者の流刑地』にするそうだ」

そう考えると『役に立たない聖女』をここに捨て置こうとしたことも、護衛として選んだ兵士たちが王都のチンピラどもだったことも頷ける。

迷惑なチンピラ共々、ベルをウェズリンに送り、魔獣の犠牲になってもらおうと企《くわだ》てたのだ。

「我々はどうなるんです？」

「ベル殿の話によると我々には既に『撤退命令』が出ているということらしい」

「来てませんよね……？」

「遅れているのかもしれんが……」

ディランも副団長共々、長い溜め息を吐き出す。

長い沈黙のあと、ディランはようやく口を開く。

「とにかく、しばらく滞在して撤退命令の書状を待とう。それに合わせて先日送ったライオネル王太子殿下の返答を待つ」

「どちらもこなかったら……？」

「俺の責任で、残っている村人ごとウェズリンから脱出する」

苦渋《くじゅう》の決断だと言わんばかりに、ディランは声を振り絞り告げた。

——そんな決断を下したときだった。

ノック音と同時に扉が開く。

入ってきたのはルイスとアラナだった。

「こら、ノックしたらこちらが『どうぞ』というまで開けたら駄目だと言っているだろう？」

二人にディランが注意するが、その声は穏《おだ》やかで優しい。

牧師の元にいる孤児の二人をディランは、なんだかんだ構っている。

「ごめんなさい、ディランさま。でも、早くご飯だって言いたかったの」

とアラナ。

「うん！　副団長も早く来て！　早くしないと、なくなっちゃうよ。今夜は最高に美味いぜ！」

ルイスも目を輝かせながら二人の手を引っ張っていく。

「わかったわかった」

ディランも副団長も顔を見合わせ苦笑すると、「とにかく今は腹ごなしだ」とルイスとアラナに案内されながら出向く。

「……いい匂いがしますね」

副団長が期待に鼻をヒクつかせながら呟く。

ディランも気づいていた。しばらくまずい携帯食に薄い紅茶で過ごしていたから、たちまち腹の虫が騒いだ。

けれど心配もする。

「村中の食料を集めて作っているのか？」

村人にも、ここが『流刑地』になるという話が広まっているのだろうか？

だからありったけの食材を使って料理をしたのかと勘繰《かんぐ》ったのだ。

けれどルイスは「違うよ」と答えた。

「聖女様だよ、ベルがギフトで出したんだ」

「――えっ？　ベル殿はギフトが使えないんじゃ……」

とここまで言って食堂代わりにしている広間に入って、ディランは目を見開いて光景を見つめる。

騎士も兵士も村人も、そして怪我人もその場にいて食事に舌鼓《したつづみ》を打っている。

「うめぇ……！　本当にうめぇ！」

「こんなに美味しい食事は初めてだわ！」

「このパンなんて見てみろよ、ふわっふわだぜ！」

人々の驚きと賞賛の声と、納得できる笑顔。

ディランは足早に一番傷の深い騎士の一人に近づく。

「アレック、怪我は？　寝ていなくて大丈夫なのか？」

肩を魔獣に噛みつかれて瀕死《ひんし》の重体だった。魔法使いが処方《しょほう》した薬でなんとか生きながらえていたが、普通に座ってモリモリ食べている。

「団長！　お疲れ様です！　いやぁ、なんかこのシチューを一口食べたら、食欲が湧いて……見てください、この通りです。一杯分食べただけで傷が治って、今二杯目なんですが体力も――この通り！」

アレックは立ち上がって、腕に力こぶを作る。

ディランは彼の肩を擦るが、傷の部分が消えている。ぐるりと視線を見渡すと、怪我を負っていた他の兵士たちもピンピンしていて、楽しそうに食事をしている。

「これがベル殿の『ギフト』の力……？」

開いた口が塞がらない。

「ディラン様、お疲れ様です」

ベルがニコニコしながらトレイに食事を持ってきて、ディランに渡す。

「たくさん作ったから、お腹いっぱい食べてください。腹が減ってはよい考えも思い浮かびませんし」

「あ、ああ……ありがとう」

差し出されたトレイの上には、大きく切った肉と野菜がゴロゴロ入っているビーフシチューが木のお椀の中に。そして白いパンと黒パンに、果物のジュース。

ディランは空いている席に座り、食欲を駆り立てる匂いのするシチューを一口食べる。

焦《こ》がさずに炒《いた》め、色を付けた小麦粉に、ブイヨン。何種類かの野菜を一緒に煮込んだのだろう。味が複雑に絡み合う。

スプーンでも裂けるほど柔らかく煮込まれた牛肉は、口の中でホロホロと崩れるのに噛み締めると肉汁がじゅわりと出てくる。

人参やジャガイモにタマネギも、ちょうどいい煮込み具合だ。

「……美味い」

「美味いですよね！」

対面に座った副団長もそう言うと、夢中になって口の中に運ぶ。

「よかった。たくさん作ったので、おかわりしてくださいね」

ベルはそう言いながら微笑むと、配膳《はいぜん》場所に戻ろうとしたので、ディランが引き留める。

「ベル殿、確か君はギフトが使えないんじゃなかったか？　いつ使えるようになったんだ？　君のギフトはなんというギフトなんだ？」

矢継ぎ早に質問してしまい、ベルを硬直させてしまう。

「あ、あああ、あの、頭に怪我をしたら使い方がわかって……」

「何のギフトなんだ!?」

「ええと……『異世界通販』……？　かな？」

「『異世界通販』？」

なんだそれは？　という疑問を乗せた顔のディランの押しに、尻込みしているベル。

「あ、あの、私、配膳の手伝いをしなくちゃ……なので……」

「いや、その『異世界通販』とはなんなのか、詳しく教えてくれ！　もしかしたらウェズリンの現状を変えることが出来るかもしれないんだ！」

「お、お食事のあとではいけませんか……？　今はちゃんと食べて、しっかりと気力と体力を充実させてほしいです」

「しかし！」

引きさがらないディランに、ベルの顔つきが変わった。

キッと眉尻《まゆじり》を上げ、厳しい顔つきになる。

「確かにここの領地を心配なさるお気持ちも、急《せ》いてしまうこともよくわかります。――けれど、今はご自身の疲れた体を労《いたわ》ってあげてください。よく食べてよく寝て、気力も体力も充実させなくては、いい考えも思い浮かばないでしょう？」

「し、しかし！」

「しかしもしかしもも！　ありません！　ディラン様の目の隈《くま》！　こけた頬！　明らかに寝不足と栄養不足です！　とにかく私が購入した、ありがたい御利益のあるご飯を食べて！

話はそれからです！」

ビシッと言われてディランは、大人しく椅子に座り直す。

「体が満足するまで食べてくださいね。それからだって遅くはありませんから」

ベルは、ではまた、と言うと、さっさと配膳の場所まで駆けていってしまった。

ポカンとしてベルの後ろ姿を見送っているディランに副団長は、

「食べましょう。確かに我々には、英気《えいき》を養う食事が必要です」

と言い「おかわりしてきます」と椀を手にウキウキで配膳場所に行ってしまった。

ディランは、

「……本当にあの『クリスタベル・ファル』なのか？」

と呟いた。

◇四章　俺の知るクリスタベル・ファル

アルシア王国で聖女が誕生すると『王宮所属』か『教会所属』となる。

所属の分け方は至極《しごく》簡単。

王都、王都の周辺で誕生、そこに親が住んでいたら『王宮所属』。

それ以外は『教会所属』となる。

アルシア国民は八歳になると教会に行き、国民の義務である洗礼式に出席して、アルシアの国民だということを認めてもらうのだ。

それは大きな水晶玉に手をかざし、光を受けることで認めてもらう（もちろん、その後に戸籍《こせき》を作るのだが）。

なぜ八歳なのか？　昔子供は育ちにくく、八歳になるまでに出生した子の五割は病《やまい》にかかり亡くなってしまう。

八歳まで生きれば、一人前とさえ言われ、そこでようやく戸籍を作ることができた。

洗礼式は子供の死亡率が下がった現在でも昔ながらのやり方で行っており、変更しようという議論が起きている。

――クリスタベル・ファルは王都に店を構えている、ある商人の息女《そくじょ》だという。

洗礼式の際に手をかざす水晶が、変わった輝きを放つときがある。

大抵は日の光のような、暖かで優しい光だが、オーロラのように多彩な光を出す――それが『聖女』誕生の証《あかし》だ。

そのときに聖女・聖人認定された子供は、自分の『能力』を知るという。

頭に思い浮かび、自然と使い方がわかるというのだ。

クリスタベルも洗礼式に水晶がそのように光り、聖女と認定され王宮に連れてこられた。

――しかし、そこで今までに例のないことが起きたのだ。

『彼女は、自分の持つ聖女としての力の使い方がわからないそうだ』

なんでも力を使うときの言祝ぎ『オープン』という言葉が頭に浮かび、それを唱えると長方形の板が目の前に出現するそうで。

そこには絵より精巧《せいこう》な絵が描かれており、解読できない文字や数字らしきものが並んでいるという。

彼女自身にも訳せない言葉で、結局使い方がわからないまま年数が経っていった。

クリスタベルは能力が使えないとはいえ、聖女。

聖女は国が保護すべきものと法律で決まっているため、彼女はそのまま王宮の奥にある聖女が共同生活して住まう棟《むね》で成長した。

彼女は駄目なほうで目立っていて、クリスタベルが歩いているとそれだけで周囲の者はあざけ笑い、後ろ指をさしていた。

俺も彼女が顔を下に向け歩いている姿や、隠れるように木陰に座り込んで宙《ちゅう》を見ながらブツブツ言っている姿を見かけていた。

能力を使えない聖女だから、さぞかし肩身が狭かっただろう。

同情はしたが、持ち場が違うゆえに声をかけることもしなかったが。

――いや、一度助けたことがあった。

普段、俺は友であり王太子であるライオネルの護衛をしている。

彼の視察の護衛についているときだった。

王都の、商店が並ぶ場所でクリスタベルに会ったのだ。

いつも賑《にぎ》わう雑踏《ざっとう》の商店街で、一際《ひときわ》大声でがなる声が聞こえたのだ。

気になったライオネルと共にそこへ出向くと、中年の男がマントを被《かぶ》り顔を隠している者に、ひどい言葉を投げかけていた。

「出ていけ！　疫病神《やくびょうがみ》め！　二度と戻ってくるんじゃない！　お前が帰ってくると商売あがったりなんだ！」

マントを被っているとはいえ、その体の細さと肩幅で女性だとわかる。

その通りで、女性のか細い今にも泣きそうな声が聞こえてくる。

「そんな……っ、せめて母さんに会わせて！　母さんが病気だって手紙で……」

「アンヌが病気になったのはお前のせいだ！　お前が聖女として役割を果たせないままでいることで、アンヌは近所のやつらに馬鹿《ばか》にされていた。その心労《しんろう》で寝込むようになったんだ。リュークだって役立たずの聖女の弟だと虐《いじ》められているんだぞ！　お前は聖女じゃなくて疫病神だ！　一切の縁を切る！　二度と店に来るんじゃない！」

「大聖女様にお願いして、母さんの病気を治せる聖女様を派遣していただけるようお願いするから……！　どうか症状だけでも見させて！」

「聖女派遣はいらん！　もうこの国から出ることにしたんだ。そのほうがアンヌの病気も治るし、リュークだって虐められることもないし、商売だってここにいるより上手くいく！」

「お父さん……。本当に私と縁を切るの……？」

「お前に父親呼ばわりされたくない！　もう、儂《わし》ら家族の前に顔を見せるな！」

どん、と突き飛ばされて、クリスタベルは背中から転倒する。

父親らしき男は「ふん」と忌々《いまいま》し気に彼女を見下ろし、乱暴にドアを閉めようとしたとき——俺は咄嗟に動いて止めた。

さすがに見過ごせない。

ライオネルはクリスタベルを起こして汚れを叩いていた。彼女はそれを申し訳なさそうに止めている。

「いくら娘が聖女としての働きができていないとはいえ、親としてその態度はどうなんだ？　親ならそんな境遇でいる娘のために何かしようとか宿下がりさせて、普通の国民として生活させるとか手はあるはずだが？」

聖女と認証されても、本人が拒否すれば王宮や教会で生活しなくてもいい。いや、聖女として生きることもしなくていいのだ。

しかし一般の民は「聖女・聖人」となったわが子は神に選ばれたことが誇らしいと、その道を選ばせる。

八歳になったばかりの子供は、親から離れて暮らす寂しさを昇華させるように聖女・聖人になれたことを自画自賛して能力を行使するのだ。

クリスタベルだって、本人が聖女を止めて親元に帰る選択があるはずなのだ。

なのに、一向に止めるという噂を聞かなかった。

ここで何故なのか、理由が分かった。

「さきほど、国を出るといいましたね？　ならばご令嬢も一緒に連れて行って、家族としてやり直しするという選択もありますよ」

ライオネルが温良《おんりょう》そうに提案する。

しかし、彼が王太子だと知らない父親は、口から唾《つば》を飛ばしながら言い返す。

「冗談じゃない！　今までだって我慢してきたんだ。いつか能力が使えるかもしれないと、訳せない言葉だって儂ら家族で協力して調べてみた！　……けれどわからんのだ。ベルが聖女として王宮に上がってから七年……。もう限界なんだよ、娘としてこいつを支えるのも、近所の嫌がらせや営業妨害も、全部ベルが聖女としての力が使えないためだ。……正直、七年しか暮らしていない娘より、ずっと商売を助けてくれた妻のアンヌと息子のリュークのほうが、ずっと大事なんだ！」

悲愴な面《おも》持ちで告げた父親に、俺もライオネルも言葉が出なかった。

父親として娘のために協力してきたがすべて徒労《とろう》に終わり、家族にも商売にも支障をきたしている。

――苦渋の決断なのだ。

「……もう、いいです。無理を言って申し訳ありません。……お元気で」

クリスタベルは血の繋がった親に対して慇懃な挨拶をして頭を深く下げると、踵《きびす》を返し走り去っていった。

「ディラン」とライオネルが俺の名を呼び、目配せする。

俺は「承知しました」と頷くとクリスタベルを追いかけた。ライオネルはそのまま残り、彼女の父親と話をするのだろう。

クリスタベルはすぐに見つかった。というより、転んで地べたで伸びていた。

「おいおい、しっかりしろ」

起き上がらせてから俺は彼女の様子に気づき、ポケットからハンカチを出しクリスタベルに渡した。

しゃくりあげながら、差し出したハンカチで目を覆う。

「いいのか？　このまま会えなくなって後悔しないか？」

「うう……いいんです。今までずっと我慢してくれたんです。お父さんもお母さんもリュークも……。わ、私が、ひっ、ちゃんと神様からもらったっギフトを使えてたら……っ！　わ、私がわ、悪いんです……っ」

立たせると、盛大に転んだせいでワンピースが破け膝小僧《ひざこぞう》が見えていた。そこから血がにじみ出ている。

「歩けるか？」

「へ、平気……です。どうか、気にしないで……あなたまで虐められちゃう」

王宮で一人ぼっちの、彼女の姿を思い出す。

「俺は騎士だ。そしてライオネル王太子の護衛を務めている。そんな俺を虐める奴がいたらお目にかかりたいね」

そら、と俺は後ろを向き屈《かが》み込んで背中を見せる。おんぶしてやる、という意味で。

「で、でも……」

「泣きながら足を引きずって王宮に帰るのか？　時間がかかるぞ。――ほら」

「すみません」と彼女は何度も謝りながら、ようやく俺の背中によりかかる。

思ったよりずっと軽い。ちゃんと食事を摂っているのかと心配になる。

あとでライオネルに報告しておいたほうがいいだろう。

「あんた、幾つになる？」

「……十四歳になります」

俺より四歳下か。

「まだ育ちざかりなんだから、ちゃんと飯《めし》を食えよ。それから親のことは、まあ残念だが……前向きに生きろよ。いつかギフトの使い方がわかるようになるさ。今まで使い方がわからなくても、使えるようになった聖女たちは大勢いる」

一気に話した。本当はギフトの使い方がわからないという例は、聞いたことがない。

彼女を励《はげ》ますためについた嘘だ。このまま生きることに絶望して、自《みずか》ら命を絶つなんてことになったら哀しすぎる。

彼女だっていつか、自分のギフトを使えるようになる。俺はそう思ったんだ。

「……はい。あの……」

「なんだ？」

「あ、ありがとうございます。ハンカチとかおんぶとか……」

「気にするな」

「いいよ。ハンカチ、洗ってお返しします」

「いいよ。支給品だし。あんたが持っていてもおかしくない品だ。まあ汚れすぎていたら捨てるか何かに使え」

「……はい。…………………大事にしますね」

「？　なんだって？」

最後のセリフが聞こえなくて、聞き返したが彼女は「なんでもありません」と答え、黙り込んでしまった。

時々、鼻をすする音がしたのできっと泣いているのだろうと、俺も黙って王宮に連れて帰った。

それから急いでライオネルの元へ戻ると、話は既に終わったそうで馬車の中で俺を待っていた。

クリスタベルの家族は、現在の住処《すみか》が売れ次第、隣国の親せきを頼って引っ越すという。

「国を出る意志は固くて、説得しても首を縦に振らなかった。……神からギフトをもらっても幸せになれないとはな。理不尽《りふじん》すぎる」

そうライオネルは呟いた。

——彼女との接点はこれだけだ。

それからも彼女は相変わらずギフトが使えず、相変わらず下を向いて過ごしているのを見かけた。

(というか、ますます挙動不審《きょどうふしん》になってたし、顔だって髪で隠すようになってたし。ハキハキ喋っているところなんて……今回、初めて見たぞ)

それから四年——。

顔だって上げて、鬱陶《うっとう》しく前に垂らしていた髪だって後ろに結《ゆ》わいていたし。

(何より——笑顔だった。……笑えるんだ)

笑顔で食事を運んできてくれた様子を思い出す。

——笑うと可愛いじゃないか。

ハッとして、慌てて首を横に振る。

(いやいやいや！　そんなこと思っている場合じゃないぞ！)

ベルを囲んで、今後の話し合いをしなくてはならない。

本当にウェズリンは流刑地にされたのか。

青の鷹騎士団は見捨てられたのか。

ベルのギフトは、この状況の中で、どこまで使えるのか。

一刻も早く、これからのことを確認して話し合わなくては。

◇五章　ベルのギフトと軍事会議

「ベル様も食べてくださいよ」

「ずっと配膳して足りなくなった分を作って、また配膳じゃないですか」

途中から手伝ってくれた兵士さんたちが言ってくれる。

もう思う存分食べたのか、おかわりをしてくる人たちもまばらだ。

補充をする必要はないかな？　と私。

「じゃあ」と甘えることにした。

というか、私の異世界通販は自分の聖力を使っている。途中で聖力切れがないよう補充をするために色々摘まんでいたので、それほどお腹は空《す》いていない。

（でも、このまま聖力頼りだと危険だよね。途中で足りなくなって補充する時間がなかったら、生命力を使われそう）

支払い方法で『聖力または生命力』と一緒くたに表示されているところ、そうなんだろう。

魔力――私は持っていない。

お金――持っていない。

魔石！

ディラン様が、今まで魔獣を倒して出てきた魔石を保管しているかも！

どっちみち今後の話し合いと、使い方のわかった自分のギフトの説明をしなくちゃいけないし。

さっそく私はパンと飲み物を持って、ディラン様のいるテーブルへ向かう。

「あれ？」

そのタイミングで、ディラン様に近づいていく女性が。

燃えるように揺らぐ赤毛が印象的な、目じりが上がった気の強そうな人だ。

フード付きのマントを羽織《はお》っている。

女性はディラン様に話しかけながら対面に座る。

急速に私の心が萎《な》えていく。

回れ右して他の場所で食べようかな、と思って「あれ？」と首を傾げた。

私、こんな臆病《おくびよう》だったっけ？　と。

「……あっ」

違う。ベルは蔑《ないがし》ろにされ続けた環境と自信のなさで、引っ込み思案で対人恐怖症だった。

前世の記憶を思い出したことで、クリスタベル・ファルではなく、前世の性格になっていた。

そうだった。今の私は『クリスタベル・ファル』。

忘れていたわけじゃないけれど、生まれ変わる前の性格が表に出てそれで行動していた。

途端——思い出す。

私、ディラン・ノックス様のことをお慕《した》いしていた！

一度励ましてくれて、そこから仄《ほの》かな恋心を募らせていた。

めっちゃ内向的だから、ディラン様を見かけるとサッと逃げて、とおーーーくの方から隠れて見つめていた。

最近、王宮で見かけないなあと思っていたけれど、同じ聖女や聖人にも王宮で働く人たちとも雑談できる相手なんていないから聞くこともできず、モヤモヤしていたんだっけ。

再会でも助けてもらってそれでようやく彼が今どうしているか、知ったわけだわ。

「……あー。よし！」

行こうか、クリスタベル・ファル！

今は前世と同化している。ちゃんとベルの記憶だって全部覚えている。

それに、ギフトの使い方を知ったんだからもう、俯かなくってもいい。

自信を持っていいんだ。

と思いながらも胸が爆音鳴らしてるし、足は震えてるし。

しっかりしろ、私！

「一緒にいいですか？」

ちょっと震えたけれど言えた。

ディラン様はビックリした顔でこっちを見上げているし、赤毛の子はグレー色の目を大きく見開いている。

「……あ、すみません、お、お邪魔でした……よね、私、向こうで食べますので、ご、ごゆっくり……」

見つめられてベルの性格が出てしまう。視線が怖いのはわかるけれど、ここは強引にでも座るべきなのに。

「待ってくれ。俺はもう食べ終わったからこの席を使ってくれ」

ディラン様が、紳士的に席を譲ろうとしてくれている。

嬉しいんだけれど、そんな貴方に用があってここに来たんだよね。

「すみません……ありがとうございます」

なのに、お礼を言ってしまう私。

トレイを持って立ち上がり、「どうぞ」と誘導されては断れない。

心がシオシオと萎《しぼ》んでいくのがわかる。

「クリスタベル殿。食事が済んだら執務室に来てほしい。話がある」

ディラン様にそう言われて、萎んだ心が復活する。

「は、はい……。わ、私も、今後のことで話をしないとと……」

「よろしく頼む。あ、だからと言って慌てて食事をしなくていい。ゆっくり食べてくれ。何せずっと食事を作って配ってと疲れただろう？」

「いい、いいえ。だ、大丈夫です！　お気遣いいただき、ありがとうございます」

私は深々と頭を下げた。本当に嬉しい。

――もしかしたら四年前のこと、覚えてくれているかな？

「あ、あの」

「ああ、そうそう。ちょうどいい。手助けしてくれている魔女を紹介しよう」

とディラン様、急に話を変えました。

いや、目の前にいるのだから紹介しようと思うのは当然よね。

「魔女って紹介されるの、ちょっと嫌かなあ」

苦笑いをしながら突っ込みを入れてくる赤毛の子。

「職業言った方が早くないか？」とディラン様は気にならない様子。

「彼女がウェズリンに住んでいる魔女リコリスだ」

「初めまして。王都からきた聖女クリスタベルさん。あたしはリコリス・レイバーよ。リコリスでいいわ」

「ク、クリスタベル・フ、ファルです……。ベルって呼んでくださいっ」

差し出された手に感動しながら私は握手を交わす。

ベル、めっちゃ感動中。そうだよねえ、今まで気安く握手を求めてきてくれた人、いなかったもん。

「じゃあ、またあとで」とディラン様は行ってしまった。私たちに頭を下げて彼の後を付いていくのは副団長かもしれない。

「さて、さっさとご飯を食べよう」

「そ、そうですね」

リコリスに促されて、座って私もパンをちぎる。

「……ベルはそれだけでいいの？」

パンと水だけが載っているトレイを見て、訝《いぶか》しげに尋ねてくるリコリスに私は苦笑いをしながら答えた。

「作りながら食べていたから、あまりお腹空いていないの」

「そうなんだ」

と言いながらリコリスはシチューを一口。途端、パアッと明るい顔をする。

「おいっしい！　これ、美味しいわ！　ベルが味付けしたの？」

「牧師さまにも手伝ってもらったけれど」

「牧師様の味付け知っているけれど、ここまで美味しくないわよ」

「じゃあ、お肉のおかげかも」

と言うと、リコリスはお肉も一口。全身を震わせているんですけれど。

「〜〜〜っ、美味しい！　生臭くないし柔らかいし、お肉ってこんなに美味しかったっけ？？？」

そりゃあ、前世の世界のお肉ですから。

日本人の食のこだわりを直に感じさせる牛肉は、肩肉でもこちらの世界の肉を凌駕《りょうが》する！

「高級肉じゃない、これ？　どこで手に入れたの？」

食べながら興味津々に尋ねてくるリコリスに、私は「どうせあとで知られるし」と、

「実はね……」

と、私のギフトを教える。

私のギフトを教えると、リコリスは感心しながら頷いた。

「へぇ〜……。変わったギフトを受け取る聖女や聖人がいるって聞いていたけれど、ベルのは一層変わってるわ」

「おかげで、文字が読めないものだから使えなくて。今まで苦労したわ」

「頭打って文字が読めるようになるなんてねぇ。怪我してよかったじゃん」

「不幸中の幸いよ」

頭打って前世を思い出して、文字が読めるようになった――なんて言っても信用しないだろうし。

説明が長くなってややこしいことになりそうだから、そこは誤魔化した。

ディラン様への説明も、これで平気だろう。

「へぇ～」「ほ～」と言いながら食べていたリコリスだったけれど、突然食べる手を止めて身を乗り出す。

ん？　と首を傾げたらコソッと耳元に囁いてきた。

「あのさ……、甘い物、出せる？　看病とか薬作ると、疲れちゃって甘い物欲しくなって飴《あめ》舐めてたんだけれど、切らしちゃって。お金払うから売ってくれる？」

「あ～。疲れると甘い物欲しくなるよね。あとで持ってくるわ。――ここじゃ目立っちゃうし」

「やったぁ！　ありがとう～。これだけ美味しい食材出せるんだもの、飴も期待してる！楽しみ～」

めっちゃ喜んでくれている。目が輝いてるわ。甘い食べ物に飢《う》えてたんだろうな。

ルイスとアラナに甘い物をあげたけれど、きっと他の人たちだって欲しいよね。多めに買っておこう。

そうして食べ終わった私は申し訳ないけれど、牧師様や住民たちに片づけを頼んで、デイラン様の待つ執務室へ――の前に！

部屋に戻って、通販！

「ええと……飴……」

たくさんあったほうが、他の人たちにも分けることできるわよね？

「飴、詰め合わせあるけれど。これ、どんな包装でこっちに来るのかな？」

紙か瓶か裸か。購入できたできないというより、どういう姿でこっちにくるのかにドキドキする。

一応木箱を用意して、聖力満タンを確認してポチっと購入。

バサバサバサバサ――私の頭の上に落ちてきましたよ、飴の詰め合わせが！

「……木箱、用意したんだからその中に落ちてよねって。瓶じゃなくてよかった……また頭を怪我するところだった」

一つ手に取って「裸!?」とぎょっとしたけれど、よく見たら透明な包みに包まれている。

「これってオブラート？　かな？」

確かにオブラートならこの世界にもある……けれど。

「こんなに薄くないのよね……」

少し考えて「ま、いいか」と開き直ることにした。

これを見た誰かが、この世界のオブラートを薄く改良するかもしれないし！

私は木箱に飴を詰め込む。巾着袋《きんちゃくぶくろ》のほうはリコリスの分。

木箱はルイスとアラナに「疲れたら皆で舐めてくださいと言ってね」と渡して、早足で執務室へ向かった。

ドアの前で深呼吸。何せディラン様に会うんだ。『ベル』の動悸が激しい。

「落ち着こう、私。これから大切な話をたくさんするんだから」

私は前世の記憶を持つけれど『クリスタベル・ファル』だということには変わらない。

「もう私は『役立たずの聖女』じゃない。自信を持っていい。ちゃんと顔を上げて」

――さあ、ドアを開けて。

「失礼します」

私は執務室へ入っていく。

既に主要人物は揃っていて、私が最後で注目を浴びてしまう。

壁に沿って直立不動している騎士さんからの視線が痛い。

これは「役立たずの聖女だよ。どうして彼女がウェズリンに送られてきたんだよ」っていう目線だわ。

お前ら夕飯食べてないんかーい！　あの材料は私が出したんだぞ！

と心の中で叫びつつ、早足でディラン様の元へ。

「遅れて申し訳ありません」

頭を下げた私を見ながらディラン様は立ち上がる。

「いや、そんなに待っていないから大丈夫だ。――改めて自己紹介しよう。俺が『青の鷹』騎士団団長のディラン・ノックスだ。よろしく頼む」

「よろしくお願いします」

「僕は副団長のイザーク・カペル。よろしく」

「わしはウェズリンの牧師ローマンじゃ」

「私は先ほど紹介された、リコリス・レイバー」

「クリスタベル・ファルです。改めてよろしくお願いします」

互いに握手を交わす。

「――さて、先ほどの夕食の提供、恩に着る。おかげで怪我をした者たちも回復することができた」

改めて礼を言うとディラン様だけでなく、牧師様からも頭を下げられる。

「い、いえ。聖女として当たり前のことをしただけですから」

待機している騎士たちが驚いた顔をしている。

「団長！　今日の夕食のシチューやパンは王都から運ばれた物ではないのですか？」

「変わった医薬品などもありました！　あれは王宮にいる聖女や聖人たちからの施しでしょう？」

「失礼ですがクリスタベル殿は、ギフトが使えない聖女だと我らは存じています」

声を上げて異議を唱え始めた騎士たちに、ディラン様は告げる。

「クリスタベル殿のギフトで間違いない。第一、彼女が魔獣に襲われているところを見ただろう？　壊れた幌《ほろ》馬車に荷物は積んであったか？　魔獣に切り刻まれた荷物はあったか？　そこにいたのは、使えないチンピラ兵士どもが倒れていただけだっただろう」

ディラン様の言葉に騎士たちは黙り込んだ。

ディラン様が私と向き合う。ドキッとして思わず視線を下に向けてしまう。

面と向かって会話するのが苦手だけじゃない。私はディラン様を慕っているからだ。

ディラン様は私が人と対話するのが苦手だとわかっているのか、それに関しては何も言わずにいてくれる。

そうして柔和な声音で話しかけてくれた。

「――とにかく、王都から派遣されてきたクリスタベル殿から、使えるようになった聖女の力も入れて、詳しく話を聞きたい。いいだろうか？」

「は、はい……っ。お話しします」

私は、自分が大聖女エルミリア様の推薦でウェズリンにきたことから始まって、彼女が受け取ったという啓示が理由だったこと、兵士たちとウェズリンに来る途中で起きたことも、そこで頭をぶつけ怪我したことで自分のギフトの使い方がわかるようになった。そうして食材も薬品もギフトで出したことを説明した。

「オープン」

私が言祝ぎを口にして画面を出す。

「色々と購入できますが、『購入』だけに『ただ』ではありません。『対価』が必要です。それは通貨や、魔力や生命力、聖力、魔石で支払うことになります」

「待ってくれ。じゃあ、今までのは？」

「私の聖力で支払いました」

私の言葉に皆、ビックリしている。ディラン様が私の肩を掴む。

リコリスも牧師様も私に詰め寄る。

「平気なのか！　あれだけの夕食の量を買ったんだろう？　聖力が枯渇していないか？」

「その前に儂やルイスやアラナにも元気になる飲み物や菓子を買ってよこしただろう！体の調子はどうなんだね！」

「あ、はい。大丈夫でした。どうやら購入した食べ物を食べると全体的に体の機能が向上するようなんです。なので私の頭の傷も治りましたし、聖力も戻りますので食べながら購入していました」

それを聞いてディラン様やリコリスに牧師様は、ホッと胸を撫でおろす。

「驚いたぞ、いくら便利だといっても聖力を使い果たすと最悪、死ぬからな。気をつけてくれ」

「は、はい。わかりました」

——死ぬんだ。やっぱり。

支払方法に、生命力と同等に扱われているはずだと感心する私。

「クリスタベル様のギフトは、なんというのですか？」

副団長のイザークがペンを持って尋ねてきた。そうか、報告書に書くんだ。

「ええと私は『異世界通販』と呼んでいます」

「異世界通販ね」とイザークさんは、呟きながら書いている。

それから私は、買いたいものを検索という機能で入力すると出てくるので、それから選んで購入すること。

表示はされるけれど、まだ購入できない品があること。

どうやらこの異世界通販を使いこなしていくことで、購入できる品が増えてくるのではと考えていること。

「と、いうことはできるだけたくさん購入して、次に購入する日にちを置かないほうがいいということか」

「だと思います。レベルアップしていけば、もしかしたら聖力が増えてくる可能性もあります」

「レ……レベルアップ……？」

「あれ？　知りません？　レベルアップ。経験値が上がって全体的にステータスが向上するんです」

「？？？　ステータスとはそういう意味なのか？」

――「レベルアップ」「ステータス」という言葉はやっぱりこの世界にはない言葉なのね。ディラン様やリコリス、牧師様だけでなく、壁の花になっている騎士も首を傾げている。

「レベルアップというのは身体機能が向上すること。ステータスというのは、その身体機能のことです」

「要するに、体が鍛えられるってことか」

ディラン様が頷く。

「それだけじゃなくて怪我も治るわよね。ベルの頭の怪我も完治《かんち》しているし、他の兵士や騎士たちも全快している」

「疲れも取れますぞ。ほら！　体が若返って、筋肉だってこの通り！」

牧師ローマン様がすかさず二の腕を出し力こぶを作る。

それを見たリコリスは、顎に手をやり唸る。

「普通の強心剤より効くわね。でもこれって永続的に続くものなの？　ただの薬効だけなら一時的だけど」

それは想定していなかった。

「そうですよね……。その可能性考えていませんでした」

「では儂のこの筋肉も、いずれは消えるんですね……」

牧師様、ガックリしてすごく萎れている。

「しかしクリスタベル殿のギフトが使えるようになったおかげで、魔獣との戦いも戦況が大きく変わるし、いろいろな問題が解消されそうだ――ありがとう、礼を言わせてくれ」

「い、いえ。私も、ようやく聖女としての役目が果たせそうで、ホッとしているんです。どんどん指示を出してください！　私もウェズリンのために色々と購入しますから！」

私は握りこぶしを作り宣言した。

「それなら――魔獣退治時に回収した『魔石』を利用するといい」

「ありがとうございます！　助かります！」

私、飛び跳ねる勢いで喜んで頭を下げる。

「いくら異世界通販で購入した食料を食べたら聖力が戻っても、私に蓄積されるお肉は減らないかもって心配してたんです！」

私のセリフにプッとリコリスが噴き出す。一瞬おいて皆笑い出した。

「君、そんな冗談が言えたんだな！」

「……冗談じゃないですよ～。切実な問題なんですから」

「なるほど！　それは切実な問題だったな。魔石でクリスタベル殿の体重増加に歯止めをかけることができてよかった」

「ですよね。本当に助かります！」

「あ」と私。

「私のことはベルでいいです。気安く呼んでください」

「では、俺のこともディランでいい。これからは共に戦う同士だから」

「よろしくお願いします」

改めてリコリスも牧師様も握手を求めてくれる。嬉しくて両手で彼らの手を握った。

「よろしく、ベル」

「あたしもね」

「儂もお役に立つよう頑張りましょう。……まあ、栄養剤があればもっと頑張れますぞ」

胸を突き出して言う牧師様に私は苦笑い。欲しいんですね、あの栄養剤。


――でも、嬉しい。

皆が私を認めて受け入れてくれた。

そして、ディラン様。

ディランと呼んでもいいとまで親しくなれた。

「よし！　クリスタベル・ファル！　今までの分も頑張ります！」

◇六章　誕生日にはあなたの笑顔を

アルシア国王宮――。

王宮内をライオネルは、供も付けず通路をほぼ駆け足で進んでいた。

供を付ける暇などないほど彼は焦り、憤《いきどお》っていたのだ。

そのためか、握り締めている紙がくしゃくしゃになっている。

向かう先は当然、怒りの矛先《ほこさき》である自分の父親――国王陛下だ。

「陛下！」

執務室のドアを乱暴に開ける。呑気にノックするほど冷静ではない。

開けた途端、ライオネルは目を見開き思わず腰を引いた。

国王の膝の上には、エルミリア大聖女が乗っていたのだ。

突然のライオネルの訪問に、彼女は慌てて膝から降りる。

ライオネルはむやみに咳き込んでいる父と、素知らぬふりをして窓の外を眺め始めた大聖女の鼻っ柱を殴りたい衝動に駆られたが、奥歯を噛み締め我慢する。

「なんだ、急に。入るならノックをしろ。というか、誰もお前を止めなかったのか」

「ドアの両端で待機していた騎士は、素直に私を通してくれました。まあ、公務といいながら異性とお戯《たわむ》れになっているのでは、騎士もやる気など起きないでしょう。秘書も文官も重臣も席を外しているようですし」

「きゅ、休憩中だったのだ」

「なら、都合がよかった」

ライオネルはニコリと口角を上げるも、目が笑っていない。笑える状況じゃない。手にしていた紙をバン、と大きく音が出るほど卓上に叩きつけ、それを指さす。

「これは書記官が隠し持っていた書簡です。そしてその指示をしたのは陛下だと——どういうことか理由をお聞かせください」

国王はくしゃくしゃになった書類を広げ、読み進める。そうして眉を顰めながら脇へ置いた。

「どうもこうも、ウェズリンはもう魔獣の温床になっている。どうしてかウェズリンに向かって魔獣が引き寄せられているようなのだ」

「その原因と討伐のために我が『青の鷹騎士団』をお貸ししたのですよ！　なのに、騎士団ごとその地を捨て、あまつさえ、流刑地にするとは……どういうおつもりですか！　騎士団だけでなく、ウェズリンの民を犠牲にするつもりなんですか！」

「まあ、待ちなさい。騎士団を捨てるとは命じていない！　た、確か撤退命令をだしたはず」

「撤退命令など全く届いておりませんでした！　『それは真か』という問い合わせの書簡まで隠してありました！」

「そ、それはあり得ん。確かに儂は書いたぞ。どこかに消えたのか？」

「この書簡が届いたのはいつだと思いますか？　一か月前ですよ？　騎士団長からの報告書さえ届かないのはおかしいと思って、私から何通も送っているのにも関わらず！　一通も返答が来ない。何かあったのかと調査兵団を結成しようとしたら却下。将官らに問い詰めて、ようやく事態を知ったのです！　私に何の相談もなく、なぜこんな無茶苦茶な話を決定したのですか！」

　襟首を掴んで振り回さん勢いでライオネルは、国王である父を追い詰めておく。

「いや、その、ちょっと、ライオネル、待たんか、……っ」

　整った顔立ちのライオネルが顔に怒りの表情を乗せると迫力がある。椅子を後ろに引いて逃げる国王を、ぐるりと回って追うライオネル。

　それを止めたのは大聖女エルミリアだった。

「お待ちください、王太子殿下。陛下は書簡を止めておりません。必要がないと判断して殿下の元に届かなかったのです」

「……なんだと？」

　ライオネルの秀麗な顔が歪んだ。

「最初の発端は、ウェズリンに魔獣が集まり始めたことだったと思います」

「ああ、そうだ。被害が深刻になる前に討伐し、魔獣たちが引き寄せられる原因を調査するために我が『青の鷹騎士団』が派遣されたのだ。……その報告を待っていたというのに、私の目に届く前に握りつぶすとは……」

「しかし、陛下の目には届いており、その都度指示を出しておりました。そしてこれはわたくし含む『聖女・聖人』の役目だと判断したのです。なので、ウェズリンの件はわたくしに一任されており、私の指導のもと、陛下が指示を出しているのです」

「『青の鷹騎士団』への指示も、か？」

「左様です。もともと殿下が指揮権を持つ『青の鷹騎士団』も大本は将官の配下。そして将官は陛下の配下でございます。陛下が采配しても問題はございません。こちらで適切な指示を出しているので書記官たちは殿下の手を煩わせることはないかと、お渡ししなかったのではないかと。勿論、騎士団への撤退命令の指示書はお出ししたと記憶にあります。きっとどこかで不都合が起きたのかと……」

「おわかりいただけました？」とエルミリアは、妖艶な微笑みをライオネルに向ける。

「エルミリア殿、『青の鷹騎士団』は、いわゆる私の私兵団だ。窮地の時に他の将官が束ねる兵団と協力して団結し、敵に向かうという規約はある。将官の配下でもないし国王の直属でもない。私の直属であり、私が将《しょう》だ。その私に報告をしないだけでなく、何の指示も出さずに放置するのは、おかしいと言っている」

ライオネルの返しにエルミリアはムッと口を曲げたが、すぐに哀しみに満ちた顔になった。

「『隠蔽《いんぺい》』と仰りたいのですか？　……！　ひどいですわ！　ただわたくしは自分の意見を述べただけでございます……！　王宮に使える聖女・聖人はみなそう習っておりますのに……！」

よよよ、と袖で目頭を拭いながら泣くエルミリアに国王は「よしよし」と肩を撫でる。

「ライオネルよ。教える情報が古かったのが悪いのであって、エルミリアが悪いのではない。それは許してやってくれ」

「……其方《そち》の話を信じるとしてもウェズリンを流刑地にすることは賛成しかねる。それは重鎮《じゅうちん》たちを含めた決定なのか？　決定なのなら、なぜ話し合いに私を加えないのだ？」

見ていなかったように話を進めるライオネルに、国王は話を紡ぐ。

「――だから待て、と言っている。ライオネルよ、ウェズリンはまだ流刑地と決定したわけではない。これから議会にかけるところで、その情報は先走りしているだけなのだ」

「ではまだ、決定ではないと？」

胡乱《うろん》な目を向ける息子に、国王は冷や汗を掻く。

「……妃と同じ眼差しを向けるな」

「なんです？　はっきり言ってください」

ぼそりと小さく呟いた父親の言葉はライオネルの耳に届かず、苛立ちながら聞き返す。

「エルミリアが啓示を聞いて、聖女を向かわせただろう」

「ええ、私が他の領地に視察に行っている間に向かわせたと聞いております」

「そうトゲトゲするな。それから一か月、状況が変わっているかもしれん。現にこちらには悪い報告は入っておらんからな」

と、言いながら国王は最新の報告書をライオネルに見せる。

「――というか、ディランからの報告書ではないですか！　どうして私に届けさせないのですか！」

「いや、すまん。儂が確認すればいいかと……」

「『青の鷹騎士団』は私の所轄《しょかつ》だと、何度言えばわかるんですか！」

サインを見て吠えたライオネルに、国王は愛想笑いをしながら頭を下げた。

頼りない父王だと内心思いながらライオネルは読み進める。

「……確かに、状況は悪くないようですね。聖女クリスタベル・ファルのギフトが使えるようになって好転したようで」

「そうなのだ！　『役立たずの聖女』と言われていた彼女が、とうとう聖女としての役割を果たしたようだ。天啓を聞いたエルミリアの言う通りであった！」

注目を浴びたエルミリアはニコリと笑う。

「ただ、まだ魔獣がウェズリンを襲う理由が解明されておりません。それがわからないといつまでも魔獣との睨《にら》めっこだ」

「その通りだ。このままだといくら力の目覚めた聖女がいても、先細りする未来しかない。――だから『流刑地』に、という話が持ち上がっている」

「これから先、ウェズリン以外に被害が広がったら、どうするおつもりなんですか？」

ライオネルはエルミリアに向き合う。

「だからこそ、重臣たちはこぞって『エルミリア殿をウェズリンへ』と推しているのではありませんか。『魔獣を操る』ギフトを持っている其方こそ適任ではないか？」

しかしエルミリアは切なく首を横に振った。

「わたくしが王宮から出ることはまかりなりません。わたくしが『大聖女』を名乗るのは陛下の妃であり、ライオネル殿下のお母君である王妃様の代行でございます。王宮《ここ》から出てウェズリンの地まで出向くことは、王宮の守りが薄くなるという意味です。わたくしは『魔獣を操る』ギフト以外の『聖なる護り』を持つ者ですから」

聖女・聖人の中では、ギフトを数個持つ者がいる。

エルミリアは、国の要《かなめ》である王都を護るべきギフトを二つ持つ聖女であった。

『魔獣を操り、無害な場所へ追いやるギフト』

『一帯を清らかな気で覆い、邪悪な魔や悪霊などから防御壁をつくるギフト』

エルミリアは王都にやってくる魔獣を操り、遠い無人の森や辺境に追いやり、ライオネルの母である王妃は『聖なる防御壁』を作り王都を護っていた。

王妃は『大聖女』を名乗り、国王と国を治めていく。

アルシア国の代々のしきたりであった。

しかし、二年前に突然、王妃は病《やまい》に倒れた。

聖女としての力が発揮できなくなったと同時にエルミリアに、もう一つギフトがあることが発覚したのだ。

――王妃が持っていた同じギフトを。

それ以来、エルミリアが王妃の分までやり遂げている。

そんなエルミリアに王宮の人々も国民も感心し、尊敬して、

「『大聖女』を名乗ってもおかしくない、いや、名乗っていい」

と口々に言いあい、昨年『大聖女』の称号を与えられた。

「ライオネル、エルミリアをウェズリンへ派遣するのは無理がある。この王都が手薄になるのは必然だ」

「そうなのです。だからこそ、神はクリスタベル・ファルを薦めてくださったのでしょう。彼女が聖女として力が発揮された、それこそがウェズリンの土地へ出向くことに選ばれた理由でしょう」

国王もエルミリアも当然のことだと言うように告げる。

「……では、私がウェズリンに参りましょう。現地でなぜ魔獣があの地に集まるのか探ってきます。原因を特定し、それを排除できたら、ウェズリンを流刑地にするという案はなかったことにしてください」

ライオネルが力強く言い切る。

「ライオネル！　お前は王太子なのだぞ！　お前にもしものことがあったらどうするつもりだ！」

反対だ！　と国王は立ち上がり憤慨する。

「もし、私に何かあったら――弟のアティスを王太子に。あの子はまだ七歳ですが、王族の一員として自覚が出てきております。大丈夫でしょう」

「ライオネル……本気なのか？」

「ええ。今日中に出立します。早いほうがいいでしょうから。私が帰ってくるまで、ウェズリンを流刑地にするという案は保留にお願いします」

「……わかった。無事に帰ってこい」

国王は自分の息子を抱きしめる。

久しぶりだ、父としての顔を見せるのは——少しだけライオネルは嬉しくなり、国王を抱きしめ返す。

けれど執務室から去る際に、今度はエルミリアを腕の中へ引き寄せているのを垣間見て、情けなさに額を押さえた。

国民の命を守り治めなくてはならない統率者が、一人の女に夢中になって公務を疎《おろそ》かにしてあまつさえ、彼女の言いなりにまでなっている。

人前では聖女として建前を見せているが国王には我が儘を言い、欲しいだけ装飾品を購入し、格下の王宮仕えの者には尊大な態度を取っているため、ライオネルの元に苦情がきている。

(ウェズリンの件が解決したら、その問題にも取りかからねば)

つらつらと考えながら、ライオネルは王妃である母の部屋を訪ねる。

「お加減はいかがですか？　母上」

「ライオネル。今日は少しいいのよ」

そう言いながら王妃は侍女の手を借り、体を起こす。

「無理はなさらないでください」

「平気よ。窓を開けてくれる？」

侍女に枕を背中に入れてもらっているのを見ながら、ライオネルは窓を開けた。

爽やかな風と共に新緑の香りが室内に入り、鼻をくすぐる。

「ああ、いい風だわ。一年を通して温暖化させるという案には心配したけれど、杞憂《きゆう》で済んだのね」

「風にあたり過ぎてお風邪を引かないように」

ライオネルの言葉に王妃は「ほほ」と笑う。

「心配性ね、ライオネルは。しんどかったら『温度を変える聖女』に頼んで、部屋を温かくしてもらおうかしらね」

「……それがいいでしょう」

息子が言い淀んだのを、王妃は察したのだろう。侍女を下がらせた。

気配がないのを確認してライオネルに尋ねる。

「エルミリアは大聖女としての役目を、きちんと遂行しているかしら？」

「『大聖女』という肩書きを利用して、好き勝手にやっているようにしか見えません」

「……陛下も彼女の好きにさせているのでしょう。……わたくしが病床に臥《ふ》すことがなければ……」

母も知っているのだ。父とエルミリアの関係を。

そして病のせいでギフトが使えなくなり、心ならずも『大聖女』の地位をエルミリアに渡したことで、自分の立ち位置が崩れてしまったことも。

それのせいで、父の愛がなくなってしまったということも。

堪えきれず涙を溢す母にライオネルは寄り添う。

「もう少しだけご辛抱ください。きっと私が二人を正してみせます」

「無理はしないで、ライオネル。エルミリア《あのこ》の性格を見抜けなかった、わたくしの所為《せい》でもあるのですから」

「大丈夫、心配無用です。私にお任せください」

母の涙を拭ってやると、ライオネルは立ち上がる。

「今からウェズリンに出立します」

「魔獣の件ですね？」

「はい。いつ戻るかわかりません。手紙を書いて送ります」

「まあ、ありがとう。楽しみにしてるわ。でも無理しないでいいのですよ。任務に集中して」

「手紙を書くくらい、なんともありませんよ」

快活に笑うとライオネルは母の手の甲に口づけをして、部屋を出て行った。

いつの間にか後ろに従う騎士を傍に呼ぶ。

「君に妹がいるだろう？　確か同じ騎士だったね」

「はい。兄妹で取り立てていただき、ありがたく思っております」

「その妹に頼みたいのだが……」

ライオネルは騎士の耳に囁いた。

◇◇◇

「やあ、ベル。これからどこへ？」

「帰ってきたライトさん家に、農耕セットを届けにいくの」

私は話しかけてきた公休中の兵士さんたちにそう答えながら、荷車に堆肥《たいひ》や苗《なえ》や種、鍬《くわ》などを載せていく。

私がこのウェズリンにやってきて早一か月。

ギフト『異世界通販』で購入した食材や飲料に薬品、そしてお菓子で騎士や兵士は超回復して、精力的に魔獣退治をこなしている。

私自身も、順調に騎士や兵士たちと仲良くなった。

いつの間にか合い言葉まで生まれていて、聞くたびに私は笑ってしまう。

「魔獣を倒して魔石をベルに！」だ。

――現在の支払方法は魔石。魔石がなければ美味しいご飯にありつけない！

――どんどん購入すればどんどん、購入品が増える！

――もっと美味しい食事にありつける！

見たことも聞いたこともない珍しい菓子に、一時的に力が増幅する飲み物。

清潔で治療効果の高い医療品。

そして――風変わりな品々。

そのうちの一つが農耕具だ。

『鍬』や『鋤《すき》』も数種類あるし、耕すのに便利そうな道具を購入したけれど、畑仕事を経験したことのない私には、何の用途に使うのかさっぱりな物ばかり。

首を傾げていたら「知らないのに購入したのか」と皆に笑われてしまった。

だって前世でも使ったことないもん。

「力仕事は俺たちに任せな」

兵士たちがベルから堆肥を取り上げ、荷車に乗せてくれる。

「ありがとー、助かっちゃう！」

「その代わり、夕飯頼むぜ！」

「俺、最初に食べたビーフシチューがいいな」

「だめ！　今日のメニューはもう決まってるの。でも、期待してて！」

兵士たちは、どんなメニューかを想像して幸せそうな顔をしながら、ライトさん宅に農耕具を運んで行ってくれた。

私は頭を下げ彼らを見送る。

少しだけ状況が改善されたせいなのか、それとも農地が心配なのか、ポツリポツリと村人たちが戻ってきている。

とはいっても手入れを怠《おこた》った農地は、すぐには元の状態には戻らない。

――そういう訳で、便利な農耕具や、土の栄養を補助してくれる肥料を提供しましょう！　って『異世界通販』で購入して村人に渡しているわけです！

『異世界通販』で購入した飲食物に差はあるけれど、どれも身体を一時的に向上させてくれるらしい。

それは、魔法を扱う人や治癒を専門とした人にも効果があった。

飴をリコリスに渡した一時間後にすごい勢いで私の元に駆け寄ってきて、肩を揺さぶられながら言われた。

「ベル！　この飴はいったい何なの？？　舐めながら魔力回復薬調合してたら、今までにない高い効果の薬ができたんだけど！」

「い、いやぁ……それは私にもわからない」

「って、あなたのギフトでしょ⁉」

「だって、使えるようになったの、今日だもの！　まだ調査中！」

――と、いうわけで三日ほど『異世界通販』で購入できる商品で効果を試したわけです。

食料品、飲料品は上記の通り一時的だけれど、体力や魔力、身体能力を向上させてくれる。

元々、栄養ドリンクなど「体力回復」の効力が書いてある食料に関しては特に著《いちじる》しい。

しかも、通販で購入したのを食べ続けると、その効果は長くなる。

そして購入を続けると、購入できる品が増えてくる。

ということが判明した――。

雑貨や医療品、生活品にその他諸々も喜ばれるけれど、特に注目され、目の色を変えて欲しがるのは食料品なのだ。

(まあ、今は特に楽しみと言ったら食べることしかないし、食べることで魔獣を倒しやすくなるんなら、そうなるよね)

私は、うんうんと一人頷きながら領主の屋敷に戻る。

「ベル！　これからちゅうぼうへ行くよね？」

アラナが体ごと飛び込んでくる。私は受け止めて頭を撫でた。

「ええ、今日はちょっと手が込んでいる食事を作るから早めにね」

「そうだよなー。なんてったって今日はディラン団長の誕生日だし！」

ルイスも腕まくりしながらベルについてくる。

「誕生日のケーキも作りたいところだけれど……、さすがに今の人数分は作れないしなぁ」

「たくさんケーキをやいて、だんだんのケーキにしちゃえば？」

「いやぁ……私、菓子作りって苦手で……」

へへ、と苦笑いしながら厨房に入る。

「結局そこかよ」

ルイスに呆れられて私、ちょっとへこんだ。

「いやぁ……だって、自分で作るより買った方が美味しいんだもの」

言い訳させてもらう。

一度、『異世界通販』でクッキー手作りセットを購入して作ってみたら生焼けだし、焦げたしでちっとも上手に焼けないし、成功したクッキーを食べてみても大して美味しくなかった。

（……先に、人気のクッキー購入して食べちゃったからなぁ。お菓子はプロが作った菓子の方が美味しいに決まってるのよ）

そう自分を肯定する。

「なら『異世界通販』で買えばいいんじゃね？」

と、ルイスが提案する。

「それもありなんだけれど……」

言いながら私は「オープン」と言祝ぎを唱え、通販画面を開く。

「誕生日ケーキ、大きい、大勢で」と検索をかけると、パッと画像が並ぶ。

実はこの画面、私以外の人には見られないらしい。

リコリスを交えて購入品の効果を調べたときに発覚した。

なので当然、アラナとルイスにも見られないわけで、私を挟んでブウブウ口を鳴らしている。

「ずるーい、ベルおねえちゃん！　あたしもどんなのあるか見たーい！」

「得だよなぁ、異世界のケーキがたくさん見られてさぁ」

前世ではよく見ましたよ、なんて言えないので「まあまあ」となだめながら画像をチェックしていく。

「……やっぱり、駄目ねぇ。大きいケーキを数個買えば皆にいきわたるかなあって思ったけれど、値段と魔石の数が見合わない」

一個一個の値段が高い。これに魔石を費《つい》やしてしまうと、夕飯の分どころか明日以降の魔石だって足りなくなる。

「足りなかったら、ベルの聖力で払えないの？」

「足りなくはないと思うけど……夕飯の支度ができなくなるほど消耗しちゃうかも」

安くて大きいケーキを購入するという手もあるけれど、それはしたくない。

前世の経験だけれど、安いのは安いなりの理由がある。どう見ても画像と違う劣化品がきたりとか、コストを抑えて作るから味が雑だったりとか。

高級な物で信頼できるサイトで購入しても、たまに起きてしまう事故だってある。

ケーキは冷凍されて届くから、冷凍の過程で失敗したり、配送の段階で崩れたりしないという保証はない。

（それに、この『異世界通販』って、たまにお届け方法が雑なのよ。上からバサバサ～なんてケーキが落ちてきたら大惨事）

レベルが上がったら丁寧にお届けしてくれるのかしら？　なんて考えこんでいたら、

「律儀《りちぎ》に、ここにいる人たち全員に配らなくてもいいんじゃない？」

とリコリスが割り込んできた。

「お疲れさま！　リコリス。今日は早かったのね」

私は彼女に労いの言葉をかけながら、栄養ドリンクを差し出す。

リコリスは魔獣討伐隊と一緒に出かける。そこで後援をしているのだ。

薬の補充だけでなく、軽い傷を治したり、魔法で防御したり。

たまに魔法が使える魔獣が出現するので、それから守る術をリコリスはできるとのこと。

リコリスって実はそうとう実力のある魔女ではなかろうか!? だって、魔法防御って王宮仕えできるレベルだよ。

そう言ったらリコリスは、「堅苦しい職場で働くなんてまっぴらごめんだよ」だって。

魔法が使える人たちは、自由奔放な性格が多くて組織の中に入って仕事をすることを良しとしない者が多いと聞いていたけれど、リコリスを見ていて納得する。

金より自由。そして義理がたく、自分が受けた恩は必ず返す――それが魔法使いだと。

腰に手を当て栄養ドリンクをグビグビ飲み干したリコリスは、「ぷはー」と、おっさんみたいな声を上げて空になった瓶を私に返した。

こうした瓶――実は、お返しすることができるんです！

瓶を画面に当たるようにかざすと、スッと画面の中に入る。

瓶は本数でお金に替えてくれるみたいで、栄養ドリンクくらいの小瓶だと二十四本で一シリン。

あ、シリンってアルシア国の硬貨で、一番安い単位ね。

……瓶ってこちらの世界では高級品なんだけど、『異世界通販』の単価はかなりシビアで、ここだけ前世の世界観で交換しているようにしか思えない。

塵も積もれば～的に長い目で見ているけれど。

「よし！　ケーキ作っちゃおう！　リコリス様に任せな！」

と、リコリスが腕まくりをする。私は申し訳なさそうに彼女に言った。

「でも、ケーキ作ると夕食の支度が遅れちゃうわよ」

「だからさ、ディランの分だけ作るのよ。下手に皆にも配ろうとするから、支払いも作るのも大変になるの」

「……でも、俺たちも食べたい」

ルイスがボソリという。

ふふん、と鼻で笑うリコリス。

「これから作ろうとしているケーキはね、イヤでもホールになるから、ディランの分を残して、残りはあたしらが食べる！」

うわーい！　とアラナが賛成の拍手をする。なるほどね。生真面目に考えすぎてたわ。

「そっか、確かに誰かの誕生日のたびに全員にいきわたるようにケーキを作ったら大変よね。この人数ですもの」

なら誕生日の人の分だけ作ってあげればいいんだ。私、納得。

「誕生日かぁ。そう言えば洗礼式の前に家族で祝ってもらった以来だったから、そういうイメージしてたわ」

前世も小さなバースディケーキ買って、お一人様で祝ってたし。

「わかった。じゃあ、作ったらベルもお祝いパチパチしてあげるわ」

リコリスがいうとアラナもルイスも「やろうぜ！」と拳を握って張り切ってくれる。

「い、いいわよ。ありがたいけれど私の誕生日は半年先だし」

私の薄幸さに同情してお祝いしてくれるのは嬉しいけれど、さすがにディランの誕生日に便乗して祝うのは……。

「じゃあ、ベル殿のギフトが使えるようになったお祝いというのはどうでしょうか？　一か月過ぎましたけれど」

なんと牧師様まで！

「みんな……優しい……」

「もちろんこっそりとね」と口元に人差し指を当ててるリコリスに私も「シー」と真似をしてクスクスと肩を揺らした。

◇◇◇

「ええと……牛ひき肉に豚ひき肉。それと玉ねぎに牛乳。付け合わせにジャガイモと人参《にんじん》はある。緑の野菜も欲しいわね……。スープはポタージュで。パン粉は残っているパンを削って使って……ソースはこの前作ったハンバーガーのソースを使うから……」

「今夜はハンバーガーですか？」

牧師様が、パン粉にするカチカチのパンを出しながら尋ねてきた。

「ううん、似てるけれど今夜は違います」

お会計ボタンを押すと、ドサドサッ――と、調理台の上に材料が落ちてきた。

頭の上には落ちなくなったけれど、品物を丁寧に扱ってほしいわ……『異世界通販』よ。

「手伝いに来ました！」

「よろしくお願いします！」

討伐から戻ってきた数人の兵士や騎士さんたちが厨房に入ってくる。

食事を作るのは私を中心に、牧師様とルイス、そして順番に当番でやってくる兵士や騎士たち。

たまにリコリスも手伝ってくれる。

そして今回リコリスは、自宅でケーキを作っているのでここにはいない。

材料を要求すると、さっさと自宅へ戻っていった。

『ここで作ると、当番でやってきた兵士や騎士さんたちにも分けなきゃいけなくなるし』

と。

（うふふ。リコリスは何を作ってくれるのかしら？）

私のギフト使用祝いもかねて――と提案してくれたのが、実はすごく嬉しい。

ウキウキして、ハッと我に返る。

（違う違う！　今夜は、ディランの誕生日を祝うためにごちそうを作るんでしょう！）

私はパン、と頬を叩いて気を引き締める。

「今夜もお手伝い、よろしくお願いします！」

と厨房に集まった皆に頭を下げた。

◇◇◇

「お誕生日、おめでとうございます！」

ディランが食堂に入ってきたタイミングで、みんな拍手でお出迎え。

ビックリ眼《まなこ》でしばらく固まっていたけれど、状況を把握したようで彼は顔を真っ赤にして中へ入ってくる。

副隊長に案内され、白いクロスをかけたテーブル席に。

そのタイミングで私は、作り立ての料理を持っていく。

「今夜はディラン団長の二十三歳の誕生日を祝って、以前美味しいと言ってくれた料理と似た物を作りました」

ジューと鉄板が焼ける音とともに、お肉のいい匂いが部屋に充満する。

それだけで、みなウットリした顔になる。

「どうぞ、お召し上がりください」

鉄板に美味しい音を立てて鎮座する楕円形の成形肉に、ディランの目がキラキラと輝く。

「ハンバーガー!?　……いや、これは?」

「パンに挟んで食べるのがハンバーガー。これは『ハンバーグステーキ』といいます」

そう、実は前にハンバーガーを作ったらディランがいたく気に入って、いつもは遠慮してしないおかわりを、三回もしたの。

『うまい……こんな美味いサンドイッチは初めて食べた』

『ハンバーガーっていうんですよ』

「ハンバーガー……か。肉を細かく刻んでそれをまとめて焼くだけで、こんなにジューシーになるんだな。柔らかいし噛めば噛むほど肉汁を野菜とパンが受け止めて、ソースも秀逸だ！　肉と野菜とパンが口いっぱいに広がって……これはたまらない！』

めちゃくちゃ褒めまくりながら完食しましたよ。揚げたてポテトと共に。

「ハンバーガーはすぐに焼けるように薄めに成形して焼くんですけれど、これはハンバーグそのものを味わう料理ですので厚めですよ」

「すごいな……温めた鉄板で冷めないようにしているし、しかも最後まで焼きたてを味わえる――ベル！」

「はい！」

いきなり大声で呼ばれて背筋を正してしまう。

「我慢できん！　もう、食べていいか？」

そんなことか。私はにこりとほほ笑む。

「どうぞ！　堪能《たんのう》してください！」

「お、俺たちも！」

「私も！」

「たべたーい！」

一斉に声が上がる。お腹が空いているところで、肉の焼ける匂いをずっと嗅がされていたらそうなるよね。

ディランが立ち上がる。

「みんな、俺の誕生日を祝ってくれてありがとう！　恩に着る。そしてベル」

「はい」

また背筋を正してディランを見つめる。

「俺の好物を作ってくれてありがとう。誕生日に食べられるなんて本当に嬉しい。……でも、本当に嬉しいのは」

そこで言葉が止まってしまった。

あれ？　顔が赤いんですが……。

「い、いや、なんでもない。とにかく嬉しい。ありがとう」

真っ赤な顔をしたままディランはハンバーグにナイフを入れ、一口大に切った部分を豪快に口に入れた。

「あつっ」と言いながら、ハフハフと口を動かしながら食べている。

すごく美味しそうに食べている顔を見て、私もとても嬉しくなる。

「……美味いな。こんなに分厚いのにふんわりしてて、切るのに全く抵抗を感じなかった。食べると口の中で肉の旨味と溢れでる肉汁にソースが絡み合って、ずっと噛んでいたくなる。飲み込むのがもったいないほどだ。――それから付け合わせの蒸かしたジャガイモ」

ディランはバターが溶けている皮付きのジャガイモに取りかかる。

「ホクホクとした感触に溶けたバターが合う。以前に食べた揚げたジャガイモも美味かったが、これもまたいい。付け合わせの人参が……甘いな！」

「グラッセにしたんです。これなら苦手な人も食べられると思って」

「なるほど、一工夫したんだな。……これは？」

モコモコという表現が似合う緑色の野菜に、ディランは首を傾げる。

「それは……ブロッコリーという野菜だそうです。そう『異世界通販』に書いてありました。モコモコしている部分は蕾《つぼみ》だそうで、その部分と茎《くき》を茹《ゆ》でたりして食べるそうですよ」

「へぇ、そうなのか。どれどれ……」

躊躇いなく口に入れるディランに、周りの人も見守っている。

（そうなのよ……この野菜、こっちの世界にはなかったのを知らなかったのよね）

日本では数年前に爆発的に人気が出て国民に親しまれる野菜になったけれど、それまで流通量が少なかったし。

結構歴史のある野菜だけれど、こっちでは見慣れない野菜の一つだった。

だから、購入したあとに牧師さんや手伝いの兵士や騎士さんたちの顔を見て「やってしまった」と冷や汗をかいた。

食材はできるだけ、この世界にありそうな品を購入していたのに。

（気が緩んでいるのかも……）

と反省しながらブロッコリーを調理してけれど、やっぱり他の人たちにも奇妙な顔をされて手を付けようとしない。

そんな中、注目を浴びながら食べたディランには感謝！

「……うん、美味い！　苦《にが》みも臭みもないし、噛むと仄《ほの》かに野菜の甘味まで感じる。これはいいな！」

顔を上気させてブロッコリーをまた口の中に入れる彼を見て、周囲のみんなも「どれどれ」と食べ始めた。

「へぇ、確かに食べやすい」

「美味しいじゃない」

と、心底意外そうな顔をしている。

「美味しい物を食べると幸せを感じるな」

ディランがポツリと呟いた。

「そうですね。温かくて美味しいご飯を食べると幸せって思います。それだけのことなのに、『これからも頑張ろう』って思うんですよね、人って」

「ああ、そうだな」

顔を見合わせ笑いあう。

ディランと、こうしているのが嬉しい。

みんなも食事にありついていて「私も」と下がろうとしたときだった。

「じゃーん！　リコリス様特製お誕生日ケーキ！」

リコリスがケーキが載っている皿を両手で持って、食堂に入ってきた。

みんなワッと声を上げたけれどそれも一瞬でおわり、ブーイングになる。

「一カットだけじゃん！」

「俺たちの分はないのかよ！」

と不満を言ってくるのを、リコリスはきっぱりと言い返した。

「ディランの誕生日を祝う美味しい夕飯を食べてるじゃん。これはお誕生日の団長の特別メニューです！――誰かの誕生日には同じように特別メニューが待ってるから我慢！」

すごいなリコリス、皆を黙らせた。

「と、いうわけでお誕生日おめでとうございます！」

ディランの前にケーキを置いて、小さなロウソクを立てる。

魔法でロウソクに灯りがついて、私ちょっと感動。リコリスは魔女だけど私の前で魔法を使わないので！

ここで誰ともなく誕生日の歌を口ずさむと、みんなが合唱する。

歌い終えたタイミングで、ディランが恥ずかしそうにロウソクの火を吹き消した。

ワァッと大歓声が上がり、拍手も起こる。

ディランが照れながらも、とても嬉しそうな笑顔だったのが印象に残った。

◇七章　月がとても綺麗ですね

夕食の片づけが終わり、くつろぎタイム。

「ということで……」

厨房の片隅にあるテーブルに、私、リコリス、牧師様、アラナにルイスが肩を寄せ合う。

テーブルに鎮座《ちんざ》しているのはディランの誕生日ケーキの残り。

(ミルクレープって、この世界にもあるのね)

私、内心呟いた。

ディランに持ってきたケーキを見て知っていたけれど、ジックリと見つめてしまう。

ミルケーキとも呼ばれ、ケーキの一種なのでケーキはケーキなのだ。

この世界では「ミル（千枚）」のことを「ミュル」と発音するので『ミュルケーキ』と呼ぶという。

「なにせベルの『異世界通販』で取り寄せした材料で作ったから、いつもより美味しいはずよ」

と、どや顔で言うリコリス。

「こんなに黄色い生地のミルケーキを始めてみましたよ」

牧師様が珍しい物でも見ているかのようにジッとケーキを見つめている。確かにこちらの小麦粉でパンとか作ると、色味が濃いものね。

「うん、以前に小麦粉使って調理したとき、驚きの白さだったからね。多分、不純物が入ってないんだと思う」

リコリスが洗剤の宣伝みたいな説明をした。

既にカットされているケーキに、ここにいるみんなは生唾《なまつば》を飲み込む。

五等分。今いる人数分なのでちょうどいい。

「ちょっと待った」

私は、ささっと『異世界通販』で購入した紅茶を入れた。

子供がいるから、癖がない甘さのある種類の茶葉でミルクティーを入れた。

「眠れなくなっちゃうから、お子様はミルク多めね」

文句も言わずに頷くアラナとルイス。多分「ケーキ食べたい」と頭がいっぱいだ。

牧師様がコホンと咳払いして口を開く。

「それでは、ベルがギフトをつかえるようになったお祝いをかねて！　いただきましょう」

「おめでとう」

「おめでとう、ベル」

お祝いの言葉をもらって私、照れくさいながら「ありがとう」と礼を言う。

「では、早速――」

「ちょっと待った！」

和気あいあいとした中、厨房のドアを開けて入ってきたのは――ディランだった。

その手にはケーキの載ったお皿が！

「食べてなかったんですか？」

「あそこで俺だけ食べてたら、みんなに恨まれるだろう？」

そう言いつつ、一緒のテーブルに座る。

「多分、ホールケーキをカットしたものだから、残りは作ったリコリスたちが食べるだろうと予想を立てて厨房にきたら――思惑通りだったわけだ」

「さすがに人数分作れませんよ。数人で厨房回してるんですから」

言い訳しながら私は、ディランの分の紅茶も入れる。

「そのことなんだが、明日からは更に人数が増える。伝達がきて、別の騎士団を引き連れてライオネル王太子がウェズリンに向かってきている。明日の夕方にはこちらに到着予定だ。夕飯をいつもより多めに頼みたい」

「ライオネル王太子殿下！」

「おうじさまだよね！　すっごーい！」

「殿下っていうくらいだから、きっとカッコイイんだぜ！」

牧師様とアラナにルイスは、名前を聞いて大はしゃぎだ。あ、牧師様は違うよ、ビックリしていただけ。

「王室の、国の後継者が……」

リコリスが一瞬、浮かない顔をしたけれど、すぐに元の彼女に戻る。

「何名くるの？　人手、もっと足りなくなるよ？」

「それに、王太子殿下だし、舌が肥《こ》えてる人を満足させる食事なんて作れそうにありません」

リコリスと私の訴えにディランは「わかってるから」というように、手をひらひらさせる。

「最近は魔獣の数も減ってきている。ベルのギフトで我々も通常以上の力と体力がある。なのでリコリスは明日、ベルの手伝いを心がけてほしい。戻ってきた村人にも頼んだので手伝いにきてくれる。それにライオネル殿下は、食事に文句をつけるようなお方ではない。ちゃんと状況だって把握していらっしゃるはずだ」

「本当かなー」

私とリコリスは疑心暗鬼になって、胡乱な目でディランを見つめる。

「じゃあ、パンをたくさん焼いてスープ系を用意しておきます」

「よろしく頼む」

一旦、話を終わらせてそこにいるみんなでケーキを食べる。

「おいしー」

「うめぇ！」

アラナとルイスは大喜びで、口の中いっぱいに頬張っている。

「こんなにしっとりしているミュルケーキは初めて食べました」

「うん、ベルのギフトで出した小麦粉とクリーム使って正解ね」

牧師とリコリスも満足げだ。

ディランは黙々と食べている。

美味しいのかどうかわからなくて、私はチラチラと彼を見ながらフォークでケーキを突く。思い切って聞いた方がいいよね。

「ケーキ、お口に合いませんでした？」

「いや。美味いよ。俺、ミュルケーキが甘い物の中では一番好物なんだ。クレープを重ねて作るだろう？　お得感があって」

「そうなんですね」

（そうか、リコリスはディランの好きなケーキを知っていて、それでこれを作ったんだ）

なんだかモヤモヤする。

私より、リコリスの方がディランの傍にいた日にちは長いし、ともに魔獣と戦ってきた仲間だし、薬作ったり防御魔法で援護したり役に立っているから、彼女の方が信頼されているだろうし。

「いつも食べるミュルケーキより豪華で美味いでしょう？　果物もベルが『異世界通販』で購入したものなんだから」

「いつもって、そんなに食べないぞ俺は。甘い物食べるより、普通の飯を食べたほうがいいし」

「うわ～ディラン、言い方！」

「いやいやいや、美味い、美味いって」

ディランとリコリスのじゃれ合いを見ていくうちに私は食欲が失せてしまって、フォークを皿に置いた。

「ベル、食べないの？　具合悪いの？」

アラナが心配そうに聞いてくる。いけない、と思いつつもケーキを口に入れる気が起きない。

「なんか疲れたのかな……、食欲なくて。明日はライオネル王太子様もご来訪されるし、今日は早めに寝るわ」

食べかけだけど食べて、とアラナとルイスの前に自分の分のケーキを置いて立ち上がる。

「すみません。先に休ませていただきます」

私はディランに挨拶して厨房から出て行った。

◇◇◇

(変に思われたかなぁ……)

私はすぐに部屋に戻る気も起きず、屋敷から出て中庭を散策する。

魔獣出現で手入れをしていないからすっかり荒れ果てているけれど、それでも植えた花々は元気に美しく咲いている。

四阿に着くと私は椅子の土埃を叩いて椅子に座り、月を眺めた。

満月で柔らかな光を放ち照らしてくれている。雲もなく庭の花も咲いて月華と表現するに見合う夜なのに、私の心は鬱蒼としている。

急に疲れたからと言い訳して厨房を出てしまった。

リコリスは勘がいいから、きっと気づいているだろう。

(リコリスが恋のライバルとかって……無理無理無理無理)

勝ち目ない。

考えてみたらディランは、あの歳で『青の鷹』の団長を務める優秀な騎士だ。

しかも見目だっていい。闇のような黒髪にコバルトブルー色の瞳。

凛々しい顔立ちに、騎士として鍛え上げられた体。

しかも独身ときたら、独身女性たちのお婿さん候補として筆頭にあげられているに決まってる。

ここで功績を挙げ、更に出世して王都に戻ったら、高嶺《たかね》の花。手が届かない。

自分は、ようやく聖女のギフトが使えるようになって評判は上がったけれど、それだけだ。

「というか、すでに手は届かないよね……ああ、もう！」

と言いつつ前世の記憶を思い出した私としては、『恋する自分』もすごく新鮮なわけで。

前世の私はアラサーで、恋愛とは縁の薄い人生だった。

仕事と趣味で忙しくて、お付き合いする時間も、恋をする暇《ひま》もなかったから。

というか、恋愛に重点を置いていなかったというのが正解。

両親も「結婚しなくても自立できてればよし」というフリーダムさだったので、自由に生きていた。

（高校のときに好きかな、という男子ができたくらいでお付き合いもしていないし、大学に入ってからはサークル活動で満足してたし、社会人になってからは舞台俳優の『推し』ができて、そればっかりだったしなぁ……あれ？）

フッと思い出して納得した。

「……ディランって、推しだった舞台俳優と似てるわ！」

「――推し？」

「ぎゃっ!!」

人が黄昏《たそがれ》ているときに急に声をかけられて私、縮み上がりました。

「ディ、ディラン……！　驚かさないでくださいよ」

「すまんすまん」

ディランは笑いながら私の隣に座った。私、それもかなりビックリ。

（緊張するじゃない……！）

「いや、急に具合が悪いって引き上げていったから、もしかしたら明日のことで緊張したのかと心配したんだ」

「……あ、確かに王太子様がいらっしゃるのは驚きました。まだ安全とは言えないのにいらっしゃるなんて」

「それなんだが。牧師と副団長にリコリスに話したので君にも話すべきだろうと部屋に行ったらいなかったもので、探していたら君はここにいたってわけだ」

「すみません。横になろうと思ったんですが色々考えちゃって、月も綺麗だったから気分転換にブラブラしてたんです」

「弄月《ろうげつ》とはなかなか優雅だな……」

ディランは視線を上げて月を眺める。私もつられて月を見上げた。

「確かに今夜は満月だし、こうやって眺めるにはいい夜だ」

「私、夜こうしてブラブラしながらお月様を眺めるのって好きなんです。柔らかくて優しい月の光が私を慰めてくれているようで……」

「そうか。じゃあ王宮で夜に会えば、ベルは顔を上げているんだ」

「――ええ、ええ、そ、そうです」

王宮での私の様子を、ディランは知っていた。

私は目を白黒させ、どもりつつ肯定する。見ていてくれたんだと思うと同時に、情けない姿を思い出し泣きたくなる。

「……王宮での私って、酷かったでしょう？」

「そうだなぁ、たまに昼間に見かけるとずっと下を向いてて髪で顔を隠していたしなぁ。かと思えば一人でブツブツ言いながら空を見つめているときもあったから、大丈夫か？と」

「うわぁ……」

「あれって今思えば『異世界通販』の画面を見ていたんだろ？」

「そ、そうです！　なんとか使えるようになりたいって……諦めないでよかったたって思います」

「おかげでこうして魔獣討伐が順調になった」

「はい！　よかったです」

クスッとディランが微かな笑い声を出す。それがすごくこそばゆく感じる。

先ほどまで落ち込んでモヤモヤしていたくせに、あっという間に身も心も軽く感じるなんて。

「……君は変わったな。王宮での君と全く違う。やっぱりギフトが使えるようになったのが大きかったのだろうか？」

月から私に移したディランの視線が恥ずかしくて、私は月を眺め続けるふりをする。

「一番それが大きかったと思います。それと、ギフトが使えるようになったんだから、ちゃんと前進しないといけないと思ったんです。恥ずかしがらず自信を持って、自分を出していこうって」

『頭を打ったショックで前世を思い出したから』とはさすがに言えないので、尋ねられたらこう答えようというのを考えておいてよかった。

けれど、気持ちはその通りで本心だ。

「もしかしたら、ギフトを受け取る前のベルは、こういう性格だったのかとも考えたんだ」

「――あ！　そうかも！　小さい頃だからよく覚えていないけれど」

「いいかげんだなぁ」

名案！　と言わんばかりの私にディランが快活《かいかつ》に笑う。私もつられて一緒に笑った。

ひとしきり笑うとディランが私に頭を下げる。

「改めてありがとう、先に礼を言っておく」

「え？」

「ベルが来た当初、魔獣退治で心身ともに疲れて、特に心がやさぐれていた。魔獣とはいえ、やはり生き物だしな。けれど、甚大《じんだい》な被害が出るし、魔獣は人を好んで攻撃する。放っておくわけにはいかない。毎日毎日討伐で倒し続けて、体よりも心がしんどかった」

「だからこそ『魔獣を操れる』聖女エルミリア様に来ていただきたかったのですね」

「ああ、魔獣を操ってどこか人のいない森林か山の中かに誘導してほしかった。それが一番いい方法だと思っているし、今もそう思っている。けれど、エルミリア殿は決してここには来ないだろう。彼女は王都を魔獣から守らねばならないと拒否したのだそうだ。仕方がない。それは道理だ。王都を留守にして魔獣がやってきたらそれこそ甚大な被害になる」

「そうですね……」

そうか、エルミリア様が来ないのは王都を慮《おもんぱか》ってのことなんだ。

自身の体調不良で『聖なる結界』で魔獣や伝染病から護っていた王妃様のギフトが使えなくなって、エルミリア様も王妃様と同じギフトが使えるようになった。

それで彼女の負担が大きくなってしまっている。

これにウェズリンに来て魔獣を操ってほしいなんて、とても頼めない。

「私にもエルミリア様のような『魔獣を操れる』ギフトがあったらよかったなぁ。まあ、使えるようになったばかりなのに二つ目もギフトが欲しいだなんて言ったら『欲張り』だって、神様に叱られちゃいますね」

「――けれど、今はベルでよかったと思ってる」

「……ディラン」

言われ、私は彼に視線を移す。瞬間目が合い、互いに頬を染める。

今度は彼が月を眺めだした。

「疲れて帰ってきて血生臭さと空腹と疲労でクタクタなときに、ベルが『生きて戻ってきた』と笑顔でみなを出迎えてくれて、温かな湯に清潔な着替えがあって、元気の出る食事まで用意してくれて……。きっとエルミリア殿では、こんな気持ちは起きなかった。来てくれたのがベルでよかったと思っている」

「いえ、いえ……そんな……わたしこそ……その、ご飯を提供するくらいしかできなくて」

どうしよう、泣きたくなってきた。もちろん、哀しい涙ではなくて嬉しいほうだ。

そんな私にディランがハンカチを差し出してくれた。

「そんなことはない。君の元気な笑顔が、私の騎士団と兵士たちを励ましてくれている」

私はハンカチを受け取って目を押さえた。

「……相変わらず優しい」

「そうか？」

私はワンピースのポケットを探り、彼に手渡す。

黄ばんで古くなったハンカチ――あのとき、彼からもらった物。

「これ、私のお守りにしていました」

「とっておいたんだ。今使っているのと同じ支給品なのに。よかったんだぞ、処分したって」

「でも、嬉しかったんです。両親から縁を切られて、私を見てくれる人も愛してくれる人も誰もいなくなった……。王宮に戻らずにどこかで死んでしまおうって、そう思ってた。けれどディランの優しさに『もう少し頑張ろう』って。あれからもギフトが使えなくて、王宮で蔑《さげす》まれて馬鹿にされ続けていたけれど、哀しくて泣きたくなったときには、いつもハンカチをだして『もう少しだけ頑張ってみよう』って……」

「……そうか」

「頑張ってよかった！　って」

ニカッと笑みを作ってディランと向き合う。

「そうだな。苦労が報《むく》われて、ベルはベルらしくなった——ってことかな」

「そういうこと！」

同じ空間と話題を共有して、二人で声を出して笑いあって。

げんきんだ。

それだけで、やる気が充電できちゃった。帰り道の足が軽いこと！

単純だなぁ、私って。

「さあ！　明日も頑張るぞ！」

「ああ、明日はよろしく頼む」

「はい！」

ほほ笑みながら手を振るディランに、私も大きく手を振った。

今夜の月は、いつもの千倍は綺麗だった。

◇八章　魔獣襲来

次の日は朝から大忙し。

ライオネル王太子殿下の個室を用意。

人数が増えるから見張りも増やせる、と各所に見張り用のテントも張る。

兵士が増えた分はそれで賄《まかな》うということ。

当然ながら、テントは『異世界通販』で購入しましたよ！

雨を防ぐことはもちろんのこと保温性と耐風性に優れてその上、軽い！　某アウトドアブランドが誇る登山用テントだ！

「この生地、何を使ってるの？　魔獣製の糸を編んだの？」

と、リコリスに不思議がられた。

「ごめん、私もよくわからないから説明できない」

私は正直に答えた。

ナイロンとかビスロンとか説明して、と言われても使われている原料からしてこの世界にはなさそうだし、前世の記憶を思い出した私だって作る工程なんて知らない。

(けど……)

『異世界通販』を使えるようになって一か月と少々。購入できる品がめちゃくちゃ増えた。

しかも、どう考えてもこの世界にはなさそうな品とか、大きいものとか。

(さすがに家は購入できないけれど)

冗談で家を検索したら出てきたのがテントなわけ。

あと車が購入できたら凄いわ。今の時点でできるのは馬車だったけれど。

蒸気自動車、というものが薄っすら画像に出てきてるから、購入できるようになったらポチってみようかというのが、私の今のところの野望。

今夜に必要な夕食の材料も購入。今夜は前に出して評判のよかったビーフシチューにした。

牛肩肉ブロックが目の前に出てきたときの、男どもの歓声が野太かった。

お昼を食べながら夕食の下ごしらえもして、私たちはお茶をすることに。

戻ってきた村の奥様がたにも食べてもらおうと『業務用クッキー』を購入。

一応、この世界にもなじみのありそうなカボチャ、バター、レモンの三種類各一キロを購入。

買いすぎ？　いやいやいや、もちろん、ライオネル王太子の隊が到着したらお出しする分も入ってますよ。

最近、『異世界通販』自体もレベルアップしたのか「配送場所」を指定できるようになってきました！

まあ、私の語彙力《ごいりょく》のせいか配送場所の指定が『私の目の前にあるテーブル』とか『私のベッド』とか『私の目の前の床』とかですが……。

そのうち「配送時間帯」とかも指定できるようになるのかな？

とにもかくにも――私はハーブティーと一緒にクッキーをお出しする。

村の奥様がたも一緒についてきた娘さんたちも、大喜び。女性が甘い物に目がないのはどこの世界でも共通かな。

ワイワイしながら食べている中、私はリコリスのことが気になっていた。

なんか朝から元気ない。

どこか上の空で、いつものシャキシャキと動く様子がない。

「調子悪い？」

と尋ねると、急に元気な声を出して「そんなことないよ」ってがむしゃらに動いて、またぼんやりする。

（顔色も悪いし、今日は休んでもらったほうがいいかな）

ディランに相談しよう、と思ったけど彼は既にライオネル王太子を出迎えに出立した後だった。

(彼なら無理をさせないだろうから、ここは私の判断で休ませてもいいよね)

リコリスに声をかけようとしたときだった。

「リコリスさん。実は娘の薬がなくなっちゃって……」

奥さんの一人が、申し訳なさそうに彼女に話しかけてきた。

リコリスも、ハッとした様子で話す。

「そうですよね、そろそろ常備した薬がなくなる頃だったわ」

「忙しいのに悪いんだけれど、作ってもらえる?」

奥さまが、とても申し訳なさそうに手を合わせる。

「失念してた！　薬を作る薬草が切れてるんだった。すぐに採りにいって作るから——えと、明日の朝でも大丈夫?」

目が覚めたように椅子から立ち上がると、慌てて告げるリコリスに頷く奥さん。

念のためにと『異世界通販』で検索してみたんだけど、リコリスが作っているのは吸入薬系で、医師の処方なしでは売れないらしく通販にはなかった。

「私、外れの緑地に行って薬草採ってくる！　夕食を作る時間までには戻ってくるよ」

駆け足で厨房から出ていくリコリスを私は追いかける。

「待ってリコリス！　私も行く！」

「えっ？　ベルはダメでしょ、ここにいないと！」

「教えてくれれば採取できるよ。一人より二人の方が早く終わるでしょ」

「……いくら魔獣が出る頻度が減ったとはいえ、緑地はまだ安全とは言えないんだよ？」

「でも、リコリスは行くんでしょう？　喘息《ぜんそく》の女の子のために。私も行くよ、私だってリコリスの役に立ちたいもの」

だってリコリス、いつもと様子が違うもの。もし緑地の中で具合が悪くなって倒れたら、そのまま魔獣の餌食になってしまうかもしれない。

一人にさせられない。

私は頑《がん》として付いていくわよという顔をリコリスに見せる。

迷っている顔をしていたリコリスだけれど、決心がついたようで真剣な顔で口を開いた。

「わかった。確かに吸入薬用の薬草はたくさんないと作れないからお願いする。――けれど、約束して。森の中ではあたしの指示に従って」

「わかったわ」

「じゃあ、すぐに動きやすい格好に着替えてきて。裏玄関前に集合ね。ノロノロ着替えていたらおいていくよ！」

「了解！」

私はリコリスに敬礼をし、自分の部屋までダッシュした。

——そのとき、私もリコリスも気づかなかった。

もう一人、一緒についてこようとしている子がいることに。

◇◇◇

リコリスと一緒にやってきた緑地は私たちが利用している領主様の屋敷から、ほど近い場所。

「ここは兎とか普通の動物しか出たことがないから……」

と言いながらリコリスは、私と自分に向けて呪文を唱える。

すると気の流れが確かに私に触れ、周囲を包む。

「とはいえ——念のために、魔獣から私たちが見えないように魔法をかけた。——それと、これを身に着けておいて」

と、小さな袋をくれた。匂いがするので嗅いでみたら、ワサビを大量に食べたときのように鼻がツーンとする。

「ファッ……!?　なにこれ？　キッツッ！」

「魔獣が好きな人間の匂いを誤魔化すための匂い袋よ」

「うわぁ、これって兵士さんたちにも渡してるの？」

「そんなにたくさん作れないんだよ、材料が手に入りづらくて高級なんだから。せいぜい後援の人にしか渡せない」

「ごめん、そんないい匂い袋を」

「その分、ちゃっちゃと薬草採ってもらうから」

　イヒヒと笑うリコリスはいつものリコリスだ。私はちょっと安心する。

「よかった。具合が悪そうだったから心配だったのよ」

「具合？　悪くないけど……まあ、ちょっと色々悩み事があるんだよ」

「どんな？」と聞こうとしたけれどリコリスが小さな本を出してきて「この薬草」と指してきた。

　そうだ、今は薬草採取が先だ。私は気を取り直して描かれている薬草を覚える。

「一つは『ラーマ草』。これはこの通り、茎と葉がトゲトゲで紫色だからわかりやすい。もう一つがちょっと手間『シアネ草』の根っこが欲しいんだ。葉は細長くてその辺の雑草と見分けが難しい。ただ、今の時期は白い花が咲いてるんだよ。親指くらいの大きさで花弁が五枚。形はハート形」

　こんな感じ、と花の絵も見せてくれる。

「可愛いのね」

「可愛いのはいいんだけど、花が咲いちゃうと根っこの栄養が減っちゃうからその分たくさん採取しないといけないんだ」

「そっか」

私は『異世界通販』画面を出すと、軍手と剪定鋏《せんていばさみ》、スコップを購入する。

「このスコップ。小さいけれど、先が尖っていて綺麗に根っこが採れそうじゃん」

「棘《とげ》が刺さらないような軍手を購入したから、こっちにしましょう」

「そうだね、面白い素材だわぁ……。これ何でできてんのよ」

「わからない」

「相変わらず材料不明な品物だしてくるねぇ……まあ、ベルを信用してるけれどさ」

そう言いながらリコリスは軍手を填める。

文句を言いながらも、私を信じて使ってくれるのは嬉しい。

「リコリスは優しいよね。私が出した道具を『材料不明』で不安なはずなのに、使ってくれるんだもん。最初は躊躇って恐る恐るなのに。漢《おとこ》だね！」

見かけスタイルいいし、胸だってボン！　だし、メリハリのあるスタイルで美人のリコリスだけれど、性格はかなり男らしい。

それで魔法が使えるだけでなくて薬も調合できるし、料理や裁縫まで出来ちゃうんだから、私だけじゃなくて女の子に人気が高いのだ。

……男子には「サバサバしてるし男といるみたいで。見かけは女らしいのになぁ。がに股《また》で歩いたり胡坐《あぐら》かいてたりするところ見ちゃったら……」なんてガッカリされるほうが多い。

ディランも、「男同士みたいな感覚」と話して、私は隠れてホッと胸を撫で下ろしていた。

「別に……あたしはあたしが一番信用ならないのさ。だから周りのみんなを信用しているのさ」

「――えっ？　リコリスは自分を信用してないの？」

どういうこと？　私は目を瞬かせた。

そんな私にリコリスは肩を竦《すく》めながら笑う。

「色々できるのは、あたしが魔女として一人で生活できるように師匠が教えてくれたからなんだ。『魔女は孤独だ。そんなものだ。人から信用されないんだ。だから一人で生きていける力を身に着けろ。相手が馴れ馴れしく近づいてくるのは魔女の力を利用したいだけだ、心を許すな』って言いながらな……。そう言われて生きてきた。村人だって薬を用立ててするくらいで接点なんてない。そんな生活だった。……けれど、魔獣討伐に協力してくれってディランに頭を下げられたとき、あたしは悩んだよ。討伐隊の中に入っちゃうと孤独じゃなくなってしまうだろう？　力を利用したいのは構わない、それが魔女の生きざまだ。……けれどさ、心の中ではそう思うのに……交流しちゃうと楽しくなっちゃったんだ。

『魔女は孤独で信用されない』という言葉が頭の中にあるのにさ、みんなの前では人懐っこくて友好的なふりをしている。そういうあたしの態度は、すごく信用できないと思わないかい？」

「思わないよ」

私は即答した。今度はリコリスが目を瞬かせる。

「『魔女は孤独で信用されない』とか『魔女の力を利用したいだけ』とかは、生きていく中で自分の得意なもので協力するのは当たり前だし、お互い様じゃない？　『心を許すな』って近づいてくる人たち全員を信用するなってことで、その中から自分が心を許せる相手を見つけたっていいんじゃない？　――まあ『一人で生きていける力を身につけろ』という教えは激しく同意するわ」

「激しく同意――ぷっ、何その言い方」

「ものすごーく同意！　って意味なの。とにかく！　今日のリコリスはちょっとおかしいから！　薬草採取済んだら悩みを聞いてしんぜよう」

「あー、わかったわかった。じゃあ、あとで聞いて、ベル様。飲み物とお菓子を用意してよね」

投げやりな言い方で返されたけれど、ほんのり頬が染まってるのを私は見逃してない。

「りょーかい！　リコリスの好きなリンゴを飴で絡めたのも用意するわ！」

飴が好きなリコリスは「やったね」と笑いながら薬草を探し出した。

けれど、リコリスのお師匠様って人間不信だったのかな？

もう故人で、ディランたちが来たときにはリコリスだけだったたって聞いている。

(それが魔女の教えなのかな)

聖女にも教えはある。

「汝《なんじ》、人のために尽くせ」「汝、人のために生きよ」

だけれど、大真面目に大げさに捉えて行動する聖女や聖人がいるわけで、自分のことは二の次で寝食を忘れて活動したり修業を積んだりして体を壊す人も多い。

(リコリスも大真面目にお師匠様の言葉に従って、悩んじゃってるのかなあ……)

大したことは言えないけれど、聞いてそれで悩みが少しでも軽くなるといいけれど、と私はそう思いながらしゃがんで薬草を探し出した。


「リコリス、これ？　『ラーマ草』？」

紫色のトゲトゲが付いた草を見せる。

「そう、それ」

「ここの繁《しげ》みの下にたくさん生えてる」

「おー！　そうそう！　こういった日陰に生えるんだよ」

「……そういうの早く言ってよ」

「見せた本に書いてあったじゃん」

「じゃあ『シアネ草』は、どの辺に自生してるの？」

「その辺」

「答えになってなーい」

私は口を尖らせながらもラーマ草を鋏で切って、それを腰に付けた籠《かご》の中に入れていく。

ピロンピロン。

頭上から機械音が鳴って、私は何事かと頭を上げた。

勝手に『異世界通販』の画面が開いてる！

「え……？　嘘、マジ？」

声が上擦ってしまう。

「ベル。ピロンピロンって、変な音が聞こえたんだけど」

頭上を見ている私にリコリスも何事？　と近寄ってきた。

「……採った薬草が通販されてる」

「えっ？　嘘？　本当？」

リコリスも驚いて私と一緒に見ようとするけれど、通販画面は私しか見えないので彼女にはわからない。

目を眇《すが》めて「わかんないわ」と不満を述べている。

「もしかしたら――リコリス、『シアネ草』採れた？」

「まだ。あれも群生するから一本見つかれば、近くにたくさん生えてるはず」

「通販に購入リストとして掲示されるかもしれない」

「ほんと!?」

二人で中腰になってシアネ草を探すけれど、この辺りにはなさそう。

「もう少し奥に行かなきゃないかなぁ」

「行ってみる？」

と、私がリコリスの方を向きながら話しかけた。

「？」

一瞬小粒な人影が見えた気が……。

「ん？　ん？　今、そこの繁みに小さい子がいたような」

「えっ？　もしかしたらゴブリン!?」

「え？　ゴブリンって、いたらヤバイ奴よね？」

ゴブリンは人の形をしているので『魔物』と呼ばれている。

「魔物が出現したっていう報告あった？」

「ないない」

と、言いあいながら私とリコリスは後退していく。

「リコリスがかけた『目くらまし』って、魔物にも有効？」

「……なはずだけど、騒ぐとばれるからここはそうっと後退しよう」

すると、繁みがユサユサと動き、

「ゴブリンじゃないもん！」

バッと出てきたのは——。

「アラナ！」

小さい影はアラナだった。

「なにやってるんだい！　いつ魔獣がくるかもしれない場所で、子供が一人でいるんじゃないよ！」

リコリスは真っ先に雷を落とした。

私も叱ろうとしたけれど彼女の剣幕《けんまく》に、口を閉ざす。

既にアラナの大きな目は、今にも涙がこぼれそうになっていたし。

「ひ、ひとりじゃないもん！　ベルおねえちゃんとリコリスおねえちゃんのあとをついてきたんだもん！」

アラナの言葉にリコリスは「気づかなかった」と、頭を抱えた。

私はアラナに近づいてしゃがみ、ハンカチで頬を拭ってあげる。

すでにアラナは、しゃくりあげながらボロボロと泣いていたから
「だ、だって……ぜんそくのおくすり、ひつようなの……カリンなの。カ、カリンは、アラナのと、ともだちだもん……だから……」

「そっか。だから一緒に薬草を採ってきてあげたかったんだね。アラナは優しい子」

リコリスも大きく息を吐くと、アラナにも目くらましの魔法をかける。

「いいかい？　今はいつ魔獣襲ってくるのかわからないんだ。だから、子供の同行は禁じてる。けれどここまでついてきちまったんなら仕方ないからね、追い返すわけにはいかないから。許すのは今回だけだから。その代わり、あたしとベルのいうことは聞くんだよ」

リコリスの言葉にアラナの涙が引っ込み、今度は満面の笑みが表れる。

「うん！」

「それからアラナの分の匂い袋はないんだ。だから私たちの傍から離れちゃダメだからね」

「うん！」

「いい返事だ」とリコリスも片方の手を腰に当て、アラナの頭を撫でている。

なんか行動が男前なんだよね、リコリスは。

えへへ、と涙を拭いながら私たちを見上げていたアラナだったけれど、フッと思い出したのか大きな声を上げた。

「――あ！　あのね、シアネ草ね、いっぱいあるところ知ってるの！」

「シアネ草を？」

私とリコリスは互いに顔を見合わせる。

まだ魔獣がウェズリン領を襲ってくる前に、アラナは牧師様とルイスの三人で野草摘みに出かけたそう。

そこで群生を見つけて「あとで魔女のばあさんに話しておこう」と牧師様は話していたそうだ。

「婆さんが生きていた頃か」

「うん、でも家を訪問したらおばあちゃんが倒れてたって。それでビックリしてお医者様とか呼んでたら忘れちゃったって言ってたよ」

リコリスが頷く。

「結局、意識が戻らなくてそのまま亡くなっちまって、葬儀《そうぎ》とかでバタバタしていたから仕方ないさ」

「リコリス……」

彼女の表情が酷く歪んだ。苦しみを耐えているように見えて、私はリコリスの背中を擦る。

「亡くなってまだ一年も経ってないからさ、ちょっと『うっ』ってきちまうんだ。もう大丈夫――それでシアネ草の群生はどこなんだい？」

「こっち」

と、アラナが小さい指でその方向を指す。

「案内できるかい？」

頷き、歩き出したアラナの後ろにピッタリ寄り添って、私とリコリスはついていく。

お婆ちゃんの話が出て、リコリスの様子がちょっとおかしくなった。

それはまだ続いていて私は不安で。けれど今、聞くことじゃないとも思って黙ってついていった。

アラナが案内した場所は、少し奥深いところで、木々が寄り添うように生え、上へ向かって枝を伸ばしている間を通っていくという、大人だと普段通らなさそうな困難な道だった。

「……これは、確かに……枝に気をつけて」

「ぎゃっ！　スカートひっかけた！」

枝に引っかかって、作業用のスカートの裾が破けてしまい私、涙目。

悪戦苦闘しながら先へ進む私たちをよそに、アラナはひょいひょいと進んで行くのでリコリスが途中途中で引き止める。

そうして――やっと拓けた場所に到着して、私は歓声を上げた。

今が花の時期と話していたように、白くて小粒の花がたくさん咲いている。

「お花畑だわ～」

背丈は思ったより低くて、足首くらいだ。

「これの根っこって言ってたけれど、根っこ以外はいらないの？」

「花は生で食べられるよ。サラダとかハーブティーに使われてる」

じゃあ、と私はスコップで回りを掘り、根っこごと掘りだす。

森の土はそれほど硬くなくて、あんがい楽だった。シアネ草の根っこは小さな大根みたい。

「いや……茗荷《みょうが》みたい、というべきか……」

「みょうが？　おかし？」

ブツブツ言いながら掘っている私にアラナが突っ込みを入れてきたので「大人の味の野菜だよ」と言っておいた。なんか渋い顔されたけど。

ピロンピロン、とまた鳴った。

「きたきたきた！」

私は勝手に開いた通販画面を見上げる。やっぱり思った通りだ。

「私が採取した薬草とか、購入できるよ！」

シアネ草：根は喘息の薬の材料として使われる。花や葉は食べると清涼感があり、食材として生で食べることができる。

読み上げるとリコリスは感心してように頷く。

「便利だわ〜。もしかしたらその辺の雑草も採取したら通販に載るんじゃない？　そうしたら知らなかった草花の薬効が発見できるかもしれないし」

私は目を瞬かせ、リコリスの肩を叩く。

「天才がここに！」

「まあね」

ふふん、と髪をかき上げて顎を上げるリコリス。仕草もカッコいい。

「よ、イケメン！」

「イケメンって、どういう意味よ？」

「カッコいい、メン——じゃなくて人って意味よ」

「言いかけた言葉が気になるけど、まあいいわ。幾つか気になる植物があるから、お願いできる？」

「いいわよ。薬効があれば危険な思いをしないで購入できるようになるし」

私は、せっかくだからシアネ草を採ることに専念。

リコリスは他の薬草と、不明な植物を探す作業。

アラナは……最初は私とシアネ草を採っていたけれど、根っこまで採るのは小さな子供には大変だったようで、一本採って花摘みを始めた。

まあ、一人で勝手にウロウロされるよりかはマシなので、そのまま花を摘んでいてもらおう。

時々リコリスに呼ばれ、不明だという薬草を採取。

その植物が食料、または薬草だと通販が反応してピロンピロンと音を出しながら画面が登場する。

何もなかったら無反応。

「今まで採取した薬草も、登録できたらしちゃおう」

あれも、これも、とリコリスに指示を受けて薬草を採取する。

ちょっと人使い荒いんですけれど！

「ま、まだ採取するの？　もう帰らないと食事の支度があるし」

「そうだった。到着する前に屋敷に戻ってないと。アラナ、帰るよ」

リコリスがアラナを呼ぶ。

アラナはちょっと離れた場所で座り込んで、花輪を作っていた。

「はーい」

と、元気な返事をして立ち上がる。

「ねえねえ、見てみて！　きれーなお花見つけたから、真ん中につけたの！」

と、振り返り、私とリコリスに花輪を見せてくれた。

――刹那、リコリスがアラナの花輪を叩き落とし、踏み崩した。

「リコリス!?　ちょっ、どうしたの!?　止めなよ」

私はリコリスを止めるけど、彼女は止めない。

リコリスの豹変《ひょうへん》に、アラナは大きな声を出して泣き出してしまった。

それに構わずリコリスはアラナの両肩を掴み、怖い形相《ぎょうそう》で問いただす。

「この花！　花弁《かべん》が赤くておしべとめしべがクルンとしていたやつ！　どこから採ってきたんだい!?」

問い詰められて怖いのか、アラナは泣き止まない。

「アラナ！　大事なことなんだ！　どこで咲いてたんだ！」

「リコリス、そんな大声でしかも怖い顔で尋ねたって、アラナはますます泣くだけだよ」

私はリコリスを落ち着かせながら、アラナに優しく問いかける。

「真ん中に付けた赤い花は、どこで見つけたの？」

「……っ、ひっ、あ、あっち……っ」

アラナが恐々、指でさす。

リコリスは駆け足で行き「どの辺！」と再度聞く。

「リコリス、その花はいったいなんなの？　毒の花なの？」

手で触れるだけで毒の成分が体に回ってしまう植物なら、リコリスが慌てる理由がわかる。

リコリスは顔を強張《こわば》らせながら答えた。

「毒より恐ろしい植物だよ。――あれは魔獣を寄せる花だ。あれの香りは魔獣の脳を刺激して興奮状態にするんだ。酩酊《めいてい》状態になる魔獣もいるから『魔酔せの花』とも呼ばれている。魔獣はこの花の香りが好物で寄ってくるんだ」

リコリスの言葉にアラナは泣き止む。

私は背筋が凍った。

――まさか、これがウェズリンに魔獣が寄ってくる原因？

◇◇◇

泣き止んだアラナが、正確な場所を教えてくれた。

リコリスは茎の部分を見つけ、シャベルで掘り起こす。

「球根で増えるタイプなんだ。だから根こそぎ採らないとまた咲いてしまう。多年草だし丈夫だから！」

「球根だと、近くに生えてるんじゃない？」

「ああ、花が咲くまでは大丈夫だけれど、それまでには全部伐採しないと！」

「かおりがする……」

アラナがいち早く匂いに気づく。そうか、子供の方が嗅覚は敏感なんだった。

指をさした方向にリコリスがそろそろと近づいていく。匂いに誘われて魔獣がいるかもしれないから慎重に。

倒木と、背の高い植物たちの間々に魔酔せの花は咲いていた。

前世であった百合の花のように咲き誇っている。量の多さに唖然とした。

「──これは私たちだけじゃ危険よ！　いったん戻って応援を呼ぼう！」

幸いまだ魔獣は誘われていない。来る前に除去しないと！

私は通販で防臭効果のあるビニール袋を購入し、そこに『魔酔せの花』を入れる。

場所に目印のリボンを結んで私たちは、周囲を警戒しながら邸に戻った。


ちょうどいいタイミングで、ライオネル王太子率《ひき》いる調査隊がウェズリン入りしていた。

ライオネル王太子と一緒にディランもいる。

二人揃っていると相変わらずキラキラしい！　なんてぼうっとしている場合じゃないのが悩ましい。

「ちょうどいい、ベル。ライオネル王太子殿下に君を紹介した――」

「ごめんなさい！　紹介はあとで！　大変なんです！　もしかしたらウェズリンに魔獣が寄ってくる原因がわかったかもしれないんです！」

「なんだって？　詳しい話を聞かせてくれ」

真っ先に尋ねてきたのはライオネル王太子だった。

私は薬草採りの最中に『魔酔せの花』という植物が群生している場所を見つけたこと。

その花の香りは魔獣を興奮させる作用があること。

それがウェズリンの民を襲わせている原因かもしれないこと、を話した。

「そんな花があるなんて……知らなかった」

ディランが呻く。

「本来、この辺りには自生しない植物なんです……。だから知らなくて当然です」

リコリスが真剣な面持ちで答える。彼女もかなり顔色が悪い。

「そうか……出所が気になるが今はそれを捜査している場合ではないな。――皆の者！　聞いた通りだ！　着いて早々だが任務に入るぞ！」

ライオネル王太子の号令で一気に緊張が走る。

ディランの指示でウェズリンの領地各所に兵士たちが配置され、散らばっていく。

その間、戻ってきた民たちは屋敷に避難。念のためにと武器を持ち待機。

私とリコリスはアラナを牧師様に預けて、青の鷹騎士団と共に『魔酔せの花』の群生地に再び向かった。

リコリスは顔色が悪いながらも、一生懸命ライオネル王太子の質問に答えている。

私はディランの馬に一緒に乗らせてもらいながら、彼女とライオネル王太子の話に耳を傾けた。

「では、その『魔酔せの花』というのは、もともとは南のほうに自生する植物なのだな？」

「はい、左様です」

「なぜ、我らの国にまで自生するようになったのだろう？」

「……色々考えられますが、何も知らない業者が香りや花が美しいと持ってきたとか、原種で改良されていないので、球根の他に種子もできます。それを鳥や動物が運んできた……とか、魔獣が食料として掘って体内で保存して、こちらに移動した際に縄張り争いによって倒され、そのまま朽《く》ち果てた際に球根が残っていたとか……可能性もなくはありません。……それと」

ここでリコリスは、躊躇うように口を閉ざす。

「どうした？　続きを話してくれ」

「い、いえ……考えてみたら殿下に恐れ多いことを……憶測《おくそく》をお話ししてしまって、申し訳ございません」

リコリスが馬上で殿下に謝罪している。

「いや、気にしていない。憶測でもそなたのは、経験に基づいた意見であろう？　それに、ふざけた声音は聞こえなかった。だから今の続きを話してくれ」

「はい……」

リコリスは言葉を選ぶように、ゆっくりと話し出す。

「これが『魔酔せの花』と知っていて、持ち込んだ可能性です。鳥や動物、魔獣が持ち込んだ可能性は正直、低いです。この花は原種とはいえ、魔女や魔法使い、薬師には危険性を知られている植物です。研究材料として誰かが持ち込み、より純度の高い作用が出るよう研究をしたり、他の用途があるかどうか調べたりしていたかもしれません」

「この花は、持ち込み禁止の植物ではないのか？」

「王宮では許可を取らないと、持ち込みはできません。というか、外から持ち込まれる動植物はみな、検査対象になるので」

殿下の秘書らしき姿の青年が口を挟む。

「ふむ……では、王宮以外の場所は持ち込みに規制はないということか。ただちに取り締まるべきだな」

「まずは現物を確認しましょう」

ディランが告げる。

「よかったらこれをお使いください」

リコリスが自分の持っていた図鑑の一枚を手で千切りとり、殿下に渡す。

「この絵と同じです。説明も書いてあります……私の師匠が描いたので間違いありません。これを持って王都の絵師にも描いてもらって、注意喚起《かんき》してください」

「いいのか？　大事な図鑑の一枚を切ってしまって」

「はい。私は覚えておりますので。ご案内できますし」

「恩に着る」と殿下は側付きの騎士を一人呼び寄せ耳打ちをする。

騎士は殿下から『魔酔せの花』の絵を受け取ると「承知しました」と馬に乗ったまま翻り、来た道を駆けていった。

「ここから馬は入れません。降りて徒歩でお願いします」

ディランが殿下たちに告げる。

私も馬から下ろしてもらい、ついていく。

私と殿下は、騎士たちに守られながら先へ進んでいく。

リコリスがかけてくれた目くらましの魔法の効果はすっかり解けてしまっている。代わりに殿下と同行してきた王宮の魔法使いがかけ直ししてくれているけれど。一応聖女である私と国の重要人物である殿下は守る対象だからだ。

私はリコリスから受け取った匂い袋を殿下に渡してある。傍にいれば魔獣はまずは近寄らないだろう。

隠すように樹木の枝が左右に伸びた先にシアネ草の群生があり、それを抜けた先の倒木に隠されるように咲く『魔酔せの花』。

綺麗な赤い花だと思っていたけれど、正体を知ると色が毒々しく見えるのが不思議だ。

「こんなに咲いているのか。最盛期なのか？」

「この花は多年草なので……けれど、暑い季節が一番咲きます。今はそこまでではないはずです」

ディランの問いにリコリスが答える。

「魔獣を引き寄せる香りか……我々にはそう感じないな」

「微かに樽酒の匂いがする」

と、騎士たちが自分たちの意見を述べる。

ディランは騎士たちの話を止めて、声を上げた。

「『魔酔せの花』を球根ごと回収するぞ！　特に花や蕾は見逃すな！」

ここは私の出番！

通販画面を開き、大きめの防臭袋と軍手、シャベルを大量購入。

バサバサと落ちてくる道具にライオネル殿下は「ほぉ」と興味津々だ。

殿下は軍手をはめながら「そなたのギフトの話をジックリ聞きたいが、今は花の伐採が先だからな」

と、にっこり。

……無事に戻ってきた後のほうが神経すり減らすかも、と私の胃がキリキリした。

「半分は花の採取！　半分は魔獣を見張れ！」

ディランの言葉に、一斉に花を球根から掘り出した。

「焼いた方が早いんじゃありませんか？」

騎士の一人が言ったけれどディランが首を横に振る。

「駄目だ。この緑地は薬草などが多く自生している。ウェズリンの生活の一部だ。それに領地から一番近い。もし火が燃え広がったら住宅エリアにまであっという間に火が辿り着くぞ」

「とりあえず、目についた『魔酔せの花』は根こそぎ採って。あとはあたしが定期的に森にきて確認して、除去するから」

植物採取なんて慣れてないながらも騎士さんたちは、懸命にシャベルで掘って球根ごと抜いてくれる。

それを防臭袋に入れて、そのたびに袋を結んだ。

手間だけれど、そうしないと僅かに漂う香りに魔獣が寄ってくるかもしれないから。

さすが大人数で除去作業をしたので、あっという間に終わった。

「もう、採り忘れはないか？　確認してくれ」

私も低木の下とか、覗きながら見て回る。

「――あ」

少し離れた場所に、一本咲いている。

倒木の多い場所だから隠れて気づかなかった。

「あそこに……」

私はその場へ駆けていく。

「ベル、待った！　俺も行くから一人で行動するな」

「大丈夫！　あと少しでしょ？」

そうディランの顔を見ながらその場へ急いで――彼の顔が蒼白になったのに私は前を向

く。

黄色い縞々の魔獣が、私に向かって猛突進してきていた。

「ベル!!」

ディランの私を呼ぶ声が辺りに響いたと同時に、右肩に鋭い痛みを感じた。

――どうなってるの?

私は痛みより先に、自分の体が宙に浮いて空を仰いでいることに驚き、頭が追い付かない。

リコリスの叫び声と、ライオネル殿下の騎士たちへの号令が聞こえる。

頬や体に触れるものは魔獣の体毛?

(私――襲われてるんだ)

ようやく自分の状況を把握したとき、肩に猛烈な痛みが襲った。

魔獣に肩を噛みつかれている。私は激痛に唸った。

「ベルーーー!!」

ディランの声がすぐ近くで聞こえ、私は安堵した。

――平気、ディランが魔物を倒してくれる。

彼に対しての絶対の信頼感が、私を恐怖から救ってくれている。

だってほら、魔獣の動きが止まって、私を口から離してくれた。

「ベル！　しっかりしろ！」

「ベル！」

私を抱き起こしてくれたのはディランだ。ディランと挟むように私の側にきて肩を押さえているのはリコリス。

リコリスはボロボロと大粒の涙をこぼしながら私に謝っている。

「ごめん……ごめんね……！　ベル！　ごめんなさい……っ」

「……どお、して……あやま……る、の……」

私はそう尋ねるだけで精いっぱいだった。

急激に寒くなって、私は意識を閉じたからだ。

◇九章　リコリスを救うため、王都へ

『ごめんね、ベル』

『絶対に助けるからね』

『ベル、あたしに優しくしてくれてありがとう』

『短い間だったけれど、ベルといてすごく楽しかったよ。友達ってこういうのかなって』

『さようなら、ベル』


――待って！　リコリス！


「リコリス！　どこへ行くの!?」

「ベル！」

跳ね起きた私をディランが支えてくれる。

いつの間にかベッドで寝ていた。

訳が分からず辺りを見回す。ここは、ウェズリンの領主屋敷。自分が借りている部屋だと気づいた。

「私……助かったんだ」

ホッと息を吐くけれど、体が重たい。ズキンズキンと肩から全身に痛みが響くし、熱っぽい。

ディランが私の背中に枕を当てて、座れる体勢にしてくれる。

「傷は治癒師が治してくれたが、牙に毒を持っている魔獣だったんだ。その毒が全身に回って高熱が出てしまって、ずっと寝込んでいた」

「水を」とグラスに水を注いでくれただけでなく、飲ませてくれる。

ディランの優しさにキュンとしてしまうけれど――今は、甘酸っぱい行為にときめいている場合じゃない。

「私……どのくらい寝ていたんですか？」

「五日間ほどだ」

「ライオネル殿下は？」

「帰られた。ウェズリンに魔獣が寄ってくる原因を突き止めたからな」

「そう……よかった……」

『魔酔せの花』を根絶すれば、魔獣が寄ってくることはほぼないだろう、ということだった。

「俺たち『青の鷹』は、しばらく『魔酔せの花』根絶に取りかかって、大丈夫なようだったら撤退する予定だ」

「……私は、これからどうしたらいいんだろう？　殿下から指示があった？」

「……ベルは怪我が完治したら王都に戻るようにと」

ディランが言い淀《よど》んだのが気になる。

だけど、それよりも、もっと気にかかっていることが私にはあった。

「リコリスは？　魔獣の毒はリコリスが解毒してくれたんじゃない？　何処《どこ》にいるの？」

私の問いにディランは苦々しい表情をして、それでも教えてくれた。

「リコリスは殿下に拘束され王都に連れていかれた。『魔酔せの花』の存在を知っていながら国王陛下に報告せず、ウェズリンの民の命を危険に晒したということの罪を問われるそうだ……」

「――っ!?」

ディランの告白に私は衝撃を隠せなかったけれど、ストン、と腑に落ちた。

「ライオネル殿下が来ると聞いてから、リコリスが元気なかったし、それにリコリス自身の話を聞いて、何か言えないような隠し事があるのかな？　とか、心の傷とかあるのかなって思ってた」

「そうか……。ベルは気づいたんだな。俺は気づかなかった」

詳しい取り調べは王都に戻ってからするとのことで、リコリスは大人しく連れていかれたのだという。

「拘束って……リコリスが『魔酔せの花』を植えたと疑ってるの？」

「ライオネル殿下は、そういう見解でいる」

「違うと思う。だってリコリスはアラナがあの花を採ってきたとき、すぐに取り上げて潰していたし」

「でも、あの花がなんの花なのか知っていた。そしてそのような花が咲いている可能性があることを話さなかった」

「それは……そうだけど、リコリス、私が目覚める前にここにいたんでしょう？　そのとき、私に謝っていた」

「毒消しの薬を調合して、ベルの目が覚めるまでここにいたいと懇願したんだが、殿下は許さなかった」

「そのくらい、待っててくれればいいのに……」

品がよくて優し気な正統派主人公面なのに、厳しいやつだ。中身は堅物で融通《ゆうずう》の利かない奴に違いない、と私は心の中で悪態《あくたい》を吐く。

「……っつ」

体がズキンズキンと脈を打つ。毒なのか噛まれた痛みが残っているのか私は集中して文句も、考えることもできない。

「待って。体、回復させるから」

「オープン」と声を上げ、通販画面を出す。

栄養ドリンクとゼリータイプの栄養調整食を買う。

痛くて食欲が湧かないけれど、これなら飲み込むタイプだから平気だろうと思ってのこと。

……ゼリータイプがカップだったのにはガッカリだよ。

スプーンで崩して一気飲み！　栄養ドリンクも一気飲み！　それから毒消しの粉薬を飲んで一息つく。

しばらくたつと食欲もでてきたので、また通販画面を開いてブロックタイプの食料を購入して食べる。

ディランが気になっているようだったので、一個渡した。

これも薄いオブラードに包まれた形で出てきたので、彼はそれごと食べていた。

「……！　これは美味いな！　軍で支給される保存食とは全然違う。一見固そうだけど噛みやすくて味もいい」

今度、検討させてくれと言われて了承する。

しばらく経つと体中の痛みも引いて、体も軽い。

「うん！　熱も引いてるし、傷も……」

首から服を下ろし肩を確認。咄嗟にディランが体ごと後ろに向くけれど私は気にしていない。

心が、消え去りつつあったアラサーの図太さというものを、しっかり受け取ってしまっている。

「ごめんなさい、ちょっとそのまま見ないでね」

と、一応十代の乙女らしくディランに伝えた。

――やっぱり傷も綺麗に消えていた。

「よし！　怪我も全快！」

私はベッドから降りてディランと向き合う。

「本当に体はもういいのか？」

「はい、大丈夫です。――私、王都に戻ります。戻ってリコリスの話を聞きたい。リコリスと約束してるんです。薬草摘みが終わったら悩みを聞くよって。私、美味しいお菓子とお茶を用意するって……。だから私、王都へ戻ってリコリスと会います」

リコリスが悪意を持って、あの花を植えて増やしたように思えない。

「絶対に違うと思うんです。……そりゃあ私は人生経験ないし、ボッチだったし、人と対話をするのは苦手だったかもしれない。人を見る目がないと言われるかもしれない。でも私、彼女が人を傷つけて喜ぶような人間とは思えない。だって村の小さな女の子の薬を作るために、魔獣が現れるかもしれない緑地へ一人で行こうとした人だもの。……ディランはリコリスがこの事件を起こした犯人だと思ってる？」

ディランのほうが、リコリスと接触していた時間が私より長いはず。

リコリスが悩んでいることに気づかなかった、と言ったけれど、それを置いておいても彼女の人となりをよく見ているはずだ。

「いや、そう思っていない」

ディランも、首を横に振って否定してくれた。

「正直『リコリスが？』とショックだった。知っていて黙って、俺たちを魔獣討伐に参加させていたのかと思うとモヤモヤとしていたんだ。でも、何か理由があるのかもしれないし、俺も彼女を信じたい。俺も一緒に行こう。ここは副団長のイザークに任せても大丈夫だろう」

「ディラン、ありがとう」

「いや、俺こそ。決心がついたよ」

私たちは、拳でお互いの手を軽くたたき合う。騎士や兵士たちがよくやっているエールみたいなものだ。

――リコリスを救うため、いざ王都へ！

◇　◇　◇

馬に乗れない私は、異世界通販で馬車を購入。

これを買う日がくるなんて……。

買ったのは『カリクル』という二人乗りの小さな馬車。

でも、二頭の馬で引いてもらうのでスピードが出るということ。

これを選んだわけは、魔石と自分の聖力の関係もあるけれど万が一、雨が降った際にジャバラ式の屋根の備えがある点。

しかも後方には荷物が置けるスペースがある。

馬車を操作してくれるのはディラン。

馬に跨って王都まで……という案だったけれど、私が馬に乗れない。

二人で乗って王都まで走らせるという意見も出たんだけれど、あまり速く走らせると私が怖いし、馬が途中でバテるかもしれないということで馬車になった。

……でも、でも！

（くう……っ、蒸気自動車を買いたかった！）

アルシア王国周辺は馬車での移動が主流だから、そんなの買って乗り回したら大騒ぎになりそうだけれど。

悔しさに「ぅうう」と唸っている私を不思議そうな表情で見つめるディランの元に、牧師様とルイスにアラナがやってきた。

その後ろから、自分の家に戻ってきていた領民たちも。

「牧師様、行ってまいります」

見送りに来てくれたんだと、私は挨拶をする。

「ベルさん、ディランさん。これを陛下にお渡しください」

「これは？」

牧師様の手には書類が。

渡された書類には名前が記載されている。

「リコリスの罪状を軽くしてほしいという嘆願書です。戻ってきている領民たちがサインをしてくれました」

「皆さん……」

「『魔酔せの花』を植えたのはリコリスじゃありません。……おそらく、リコリスの師匠であった魔女の婆さんでしょう。あの子は師匠がしでかしたことの責任を取ろうとしたんだと思います」

「どうしてリコリスのお師匠さんが『魔酔せの花』を？」

　牧師様は静かに語ってくれた。

「こういった小さな領地は団結が固い代わりに、余所者《よそもの》を受け付けることが難しいという点があります。信用されて領民に迎え入れられるまで、かなりの時間を要するんです。言い訳ですが、領地にいれたら盗賊で、家が焼かれて全滅してしまったという例もよくあるんです」

「……わかる気がします」

　前世で生きていた日本でも、いまだにそういったことがあり『孫が生まれるまで村の人間じゃない』と言い切る人もいると聞いたことがある。

　信用を得るまで長い時間がかかるんだ。

「リコリスがまだアラナくらいの歳のときにここに住み着きました。魔女ということで皆さん警戒しましてね。領主様も外《はず》れの家しか貸してくれなかった。しばらくは私も気にかけて、様子を見に行っておりましたよ。生活用品や食料も満足に買えず数年、辛い生活を送っていたと思います」

　後ろの領民たちが項垂《うなだ》れた。

「魔女という言葉に強く警戒していたんでしょう。『毒を井戸に入れるかもしれない』『他の魔女を呼び寄せて、家を焼くかもしれない』『田畑を枯らすかも』『悪魔を呼ぶかも』と疑心暗鬼になって、どうにかして追い出そうとしていました。石を投げられてリコリスを庇う婆さんの姿をよく見かけたし、わざわざ家までやってきて室内を荒らして帰る輩《やから》もいました」

「……酷い。そんな酷いことをされても、リコリスは領民たちの薬を作ってくれていたなんて……」

「領民たちとリコリスの仲が良好になったのは、婆さんが亡くなる前のことです。その頃に流行《はや》り病がありましてね、領民たちも病にかかってしまった。リコリスは『お前が病気を持ち込んだ』という流言《りゅうげん》に負けず、適切な治療をしてくれました。殴られようと追い出されようと『流行り病を治すための知恵を私は持っている。治らなかったら私は出ていくからそれまで協力して』と皆に頭を下げて……。流行り病が鎮静して、それから領民たちはリコリスを受け入れたんです。婆さんはその流行り病で亡くなりましたが」

「リコリスの師匠であった婆さんが『魔酔せの花』を植えたという根拠《こんきょ》は？」

ディランが厳しい口調で尋ねる。話を聞いて彼は理不尽さに怒っているのを押さえているのが私にはよくわかった。

「領民が数人、婆さんが森や林に球根を植えているのを見ているんです。ブツブツ言いながら植えていて、思い切って尋ねたら『この辺にはない薬草さ。薬を作るのに必要なのさ』と話していたそうです。その時は領民たちも親しくなかったからそのまま放っておいたそうです」

「それが『魔酔せの花』の球根だったということか。魔物が寄ってくるまで数年かかっているということは元々、南の年中暖かい地域で咲く花で繁殖するのに時間がかかったということか」

「二年ほど前から、気候が温暖だったというのも関係していると思います」

ディランが舌打ちした。

「大聖女エルミリアが、『温度を変える聖女』『気候を操作できる聖女』等に依頼してアルシア王国全体を温暖化させたしわ寄せか……」

「確かに一年を通して気候が温暖のほうが人は暮らしやすいし、穀物《こくもつ》も寒暖差で摂れなくなることもないし、同じ食物を一年通して作ることも可能になるけれど、生態系が狂ってくるのは当たり前だわ」

と、私。

「これは――承諾した国王陛下や提案した大聖女エルミリアにも非《ひ》がある。それを踏まえて進言しよう」

ディランの言葉に、集まった領民たちが口を開いた。

「お願いします！　リコリスさんを助けてください！」

「彼女はあれだけ酷いことをした俺たちのために一生懸命だった」

「彼女に罪があるのなら、仲間外れにした私たちも同罪です！　それが過去であっても！」

アラナやルイス、そして小さな子供たちも。

「リコリスのお薬はとっても効くの！　またお薬を作ってほしい！」

「リコリスは悪い奴じゃないよ！」

私は涙が出そうになった。

過去を悔いてリコリスを慕っている人がたくさんいて、彼女を助けてほしいって必死に頼んでいる。

「皆さんがどれだけリコリスを信頼しているのか、救って欲しいのか胸に響きました。

――必ずリコリスを助けます！」

私の宣言に領民たちは声を上げる。

「お願いします！」

「リコリスを助けてください！」

彼らの願いを背に受けて、私とディランは王都に向け出発した。

「しかし、ベルのギフトはすごいな。馬車まで購入可能とは。それに、この馬車一級品だ。荒れた道を走っているのに激しい揺れなんてないし、スムーズに前に進む」

ディランが馬車の性能の良さに感心している。

男って乗り物好きっていうけれど、ディランがいい例なんだろうな。

「ディランは乗り物が好きなんですか？」

「好きか嫌いか、と言われれば好きかな。最近南西の大国に魔石で動く乗り物が開発されたって情報があって、興味があるから……」

「そうなんですか。魔石で動く乗り物……」

あれ？　もしかしたら――私は通販画面を開いて『乗り物』を検索する。

いずれは買いたい！　と野望に燃えていた『蒸気自動車』――はある。

ボイラーが小型化されていてデザインも許容範囲。

でも、速度はそれほど出なくて、給水が大変なのがネック。

それでも欲しいなって。だって前世の初期の車だもん。ガソリンや電気なんてこの世界では難しいとわかってるから、この辺が限度だと思っていた。

――けれど！　この世界には魔石があった！

魔獣の心臓部分で生まれる物だけでなく、鉱石の中には四大元素を含む石も採掘される。

それも魔石と呼ばれているの。

こちらでは生活で使うエネルギーは、主に魔石で済ませている。

火を使う厨房では『火』の元素の魔石。洗濯は『水』の魔石という具合に。

けれど魔獣から出る魔石の方が純度が高くて、元素量も多い。当然、高値で取引されるのは魔獣の魔石。

……考えてみたら、それを使って通販で買い物していた私は、めちゃくちゃ贅沢者だったんだ。

（けど、ほら！　聖力だって限界があるし！　お金だってそんな持ってないし！）

心の中で言い訳しながら、表示される『乗り物』に目をやる。

「あった……魔石で動く自動車」

「えっ!?　ベルのギフトで買えるのか!?」

ビックリしたディランが馬車を止めた。急に止めたので私はのけぞるし、馬はヒヒン！　と前足をばたつかせるしでちょっとした騒ぎ。

「ビ、ビックリした……。でも買えるみたいですけれど、かなり高額です」

と金額を言うと、ディランは「まあ、そうだよな」と半笑いをした。

「けれどベルのギフトは凄いな。どこかの国の風変わりな品物が購入できるだけじゃなくて、新しい種類の品物まで買えるなんて」

「けれど、お金や魔石しだいですよ？　聖力だって回復させながらじゃないと大量に購入できないし。私しか購入画面が見られないし」

それに――気をつけて購入しないといけない。

私の前世の商品が主だから、こちらにはない原材料を使用した物だって平然と並んでいるから。

（……いちばんまずいと思ったのは）

──火薬銃《モデルガン》

もちろん、玩具《おもちゃ》なんだけれど、説明を読むとかなり精巧《せいこう》なものだった。

もともと十八歳以上でないと販売できないけれど、ここは異世界だから関係ない。

この世界にはまだないよね？

（もしかしたら魔石をエネルギーにした銃とか、どこかの国で造ってるとかあるかも）

とにかく、モデルガンでも危ない。殺傷力はないかもだけれど怪我くらいはするし、目とかに当たったら失明するかもしれないほど危険な物だ。

この世界に持ち込めるものを、よく吟味《ぎんみ》して購入しないと──私は改めて心に誓う。

「ベル、聞いてほしいことがある」

ディランが馬車の速度を落とし、改まった声を出した。

なんだろう、と私も「はい」と背筋を伸ばす。

「既にベルは殿下の報告で『新しい能力を持つ聖女』として注目を浴びている。王宮に戻ったら、おそらく陛下や王侯貴族から物珍しい物を出すよう要求されるだろう。……国の勢力拡大のための道具とか、欲を満たすための危険な道具とか」

「……そうですよね」

先ほど私が吟味して、購入してはいけないと心に誓った火薬銃を思い出す。

アルシア国は隣国との仲は良好で、戦を起こして国土を拡げる気は考えていないと聞いている。

それを知っているから安心していたけれど、もし簡単に隣国を征服《せいふく》できる道具を私が出せるとしたら――。

（たくさんの血が流れる……）

想像して恐ろしさに両手を胸にあてがう。

武器になり得そうな物は、絶対にこの世界に持ち込んじゃ駄目だわ。

「すまない。今のうちに話しておいたほうが、ベルが落ち着いて対処できるだろうと思ったのだが、不安を抱えさせてしまった」

「いえ、王宮に戻って、最初に国王陛下から求められるよりはずっといいです。断る口実を考えられますし」

私がそう答えても、ディランは憂《うれ》い顔のままだ。

「まだ他に心配事が？　馬車を走らせながら王宮に着く前に話し合いましょう」

リコリスのことが心配だし、馬車は止めないほうがいい。私はそう提案した。

ディランも私の提案に頷いてくれる。

「そうだな。これも君に関わることなんだが、驚くだろうが、聞いてくれ」

「はい」

「君は、殿下の王太子妃になる可能性が出てきたんだ」

――えっ？　王太子妃？

王太子妃は国に必要なギフトを持つ聖女の中から選ばれる。

既に候補の聖女たちは妃教育をしつつ、聖女としての務めを果たしている最中だ。

「わ、私も王太子妃候補の仲間入りをするってこと……？」

「国に有益なギフトを持つと判断されたのだろう。報告だけだから、どれだけベルの能力を理解しているかは謎だがな。ライオネル殿下が悩ましいものだとおっしゃられていた」

「聖女が次期王妃になるのはこの国のしきたりですけれど、結界とか治癒とか国に有益なギフトを持つ聖女が候補になるんですよね？　私のは珍しい品が購入できるっていうだけで、お金や魔石も使うから利益を考えたらプラスマイナスゼロですよ」

「それを陛下や重臣たち、王侯貴族たちが理解するかどうか、なんだ」

そうなんだろうな。私はディランの憶測を冷静に聞いていた。

聖女は王太子妃候補にならなくても大抵、王侯か貴族に嫁いでいく。『役立たず聖女』と言われた私もギフトが使えるようになったから、どこか嫁いでいくんだろうと思っていた。

勿論、断ることもできる。聖女の気持ちを蔑ろにして事を進めるようなことはない。

結婚をしない場合は、独身生活を謳歌《おうか》したり商売を始めたり、修道院で暮らすという選択肢がある。

私はきっとギフトの使い方がわからないままだったら、修道院に入り、普通の修道女として暮らしていただろう。

普通なら、贅沢をしなければ一生暮らせる支給金が出るけれど、役立たず聖女だったままの私だったら、支給金なんて出ないだろうから。

そこは本当にギフトが使えるようになってホッとした。

(だからといって、どこぞの貴族のご子息様に嫁ぐ気もないし――ましてや、王太子妃候補になるなんてまっぴらごめんだけれど……けれど)

これって――リコリスの罪が軽くならなかった場合の、交換条件になり得るんじゃない？

「……もし、私を王太子妃候補にすると言われたら、それを条件にリコリスを釈放してくれるかも」

「――っは？」

ディランは素《す》っ頓狂《とんきょう》な声を上げ、王都へ走らせていた馬車を停めた。

「リコリスのために君は、王太子妃候補になるというのか？　好きでもない相手のためにちゃ。

怒りを抑えた声音で、私は少し怖くなる。けれど彼に、ちゃんと自分の意見を言わなくちゃ。

ディランだって、リコリスの罪を軽くしようと、こうやって動いてくれているのだから。

「私自身のためなら、王太子妃教育なんて頑張れないかな。でも、親友のためなら頑張れる。リコリスは私にとって初めての友達だもの。——それに、まだ候補に決まったわけじゃないでしょう？『可能性が出てきた』だけだし。そういう話になったら、それをリコリスの釈放を条件に話し合いするわ」

私はディランに真剣な眼差しを向けた。

彼の顔はやっぱり前世で推しだった俳優に似ている。だからこんな近くにいると、ドキドキする。

でも彼は俳優じゃなくて、雲の上の人じゃなくて、協力して一緒に魔獣を倒し、絆《きずな》を深めてこうしている現実の人。

クリスタベルとしてだけでなく、前世の自分としても彼のことが好きなんだって思える。

——王太子妃候補に選ばれたら私にとって、殿下よりもずっと遠く感じる存在になるだろう。

胸が痛い。心がギュウと絞られて体の中で、赤い涙が出ていそう。

「……自分を差し出してリコリスを救うなんて考え、よせよ。そんなことしたってリコリスが喜ぶはずないだろう。そういうこと嫌いだって、友達の君だってわかってるだろう?」

「……うん、だからこれは最終手段の一つ。他に色々考えないとね」

ブスリとしたまま、ディランは黙り込んでしまった。そのまま馬車も走らせようとしない。

「あの」と口を開いたら、ディランがムスッとしたまま呟いた。

「ライオネルは俺にとって仕えるべき主人だ。そして乳兄弟で主人と部下という隔《へだ》たりを越えた仲だ。少々堅物《かたぶつ》だが、あいつとならベルは幸せになれるだろう」

「そう……ですか」

乳兄弟なんだ、小さいころから一緒なんだろうな、とまだ幼いディランとライオネル殿下を想像してちょっとほっこりする。

「だけど――ベルだけは駄目だ!」

「えっ?」

私が、王太子妃には相応《ふさわ》しくないってことかな?

確かに落ち着きはないし、貴族の教育なんて一切していないし、人目を引くような美人でもない。

けれど、次の彼の言葉に私はビックリして言葉を失った。

「俺はベルが好きだ……！　ベルを想ってるから、王太子妃になってほしくない。候補にだってなってほしくない。相手がライオネルであろうと、ベルを誰のものにもしたくないんだ。もし、王太子妃候補に上がったら断って俺の嫁さんになってほしい……！」

半ば怒った様子で私に告げた。

――プロポーズ？

突然のディランのプロポーズに私、口が開いたまま塞がらない。

急激に顔が熱くなる。いや、体中が熱い。私は茹で蛸《だこ》状態だ、きっと。

「いきなり求婚してしまったがそれで……、ベルは俺のことどう想ってる？　嫌ってはいないと思ってるんだが……」

「き、嫌いなんて、おおおお、思ってません」

私の応えにディランは愁眉《しゅうび》を開き、胸に手を当てる。

それから決意したように胸に当てた手を強く握った。

「まだ『好き』までいっていないのなら、これから努力する。とりあえずは王太子妃候補から逃れるための手段と考えてくれていていい。誰かの嫁さん候補という肩書きを背負うなら『俺の嫁さんになる人』になってほしい」

「で、でもその……」

真剣に私に訴えてくるディランを拒《こば》む選択なんてない。

──だって、私《ベル》だってずっとずっと彼が好きだったんだもの。

じわっ、と目が潤んで霞《かす》んでくる。

「わ、私も……ディランが好き。あなたのお嫁さんになりたい……！」

でも、彼のプロポーズに応えることができない。

「でも、でも……よ？　ここで私がディランのプロポーズを受けたら……本当に、私が王太子妃候補に選ばれたら……リコリスを救う手段が一つなくなってしまう……」

真剣に私に訴えてくるディランを、拒む選択なんてないはずだった。

けれど今言ったように、私はリコリスを救う手段を一つでも減らしたくない。

嬉しいのに、応えることができなくて、私は前屈みになって顔を手で覆い泣いた。

苦しくて呼吸ができない。胸が苦しい。彼の顔を見ることができない。

ディランの手が私の肩を撫でる。

「そんなこと、考えるな。自己を犠牲にした交渉なんて絶対におかしいんだ！　それじゃありリコリスが、罪人《ざいにん》だと認めたようなものだ！」

「──っ!?」

そうだった。引き換えにだなんて、私がリコリスは罪人だって言っている。

「ライオネルに早馬で手紙を送った。もう読んでいる頃だろう。俺たちには殿下がついている。諦めるな！　リコリスを救うもっといい方法がきっとある」

「あるかなぁ……、本当にあるかなぁ……」

　止まらない涙を手で懸命に拭いながら、私は顔を上げた。

「諦めちゃ駄目だ。俺たちはリコリスの友達だろう？　俺たちが諦めちゃ駄目なんだ。ベルは今まで諦めずに自分のギフトが使えるようにと頑張ってきただろう？　それと同じで諦めなきゃ、きっと道が開けるはずだ」

「うん……うん、そうだ、そうだよね……」

　差し出されたハンカチで顔を覆う。拭っても拭っても涙が止まらないから。

　泣きじゃくってたら、引き寄せられてディランの腕の中におさまった。

　ビックリして涙が止まる。

　頭を撫でられる。上から後頭部にかけて彼の大きくて温かい、そしてちょっぴりゴツイ手のひらの感触が気持ちいい。

「ありがとう、ディラン。私、リコリスを助ける勇気をたくさんもらった。ディランがいてくれれば、頑張れる」

「一緒に彼女を救おう。それからベルが王太子妃候補を回避するんだ」

「はい」

　私たちは互いの温もりを感じ合いながら決意を新たにした。

◇　◇　◇

異世界通販で購入した馬車の性能のせいか、途中で止まっていたのに王都にはいつもの馬車よりもずっと早く到着した。

乗り心地もよかったので、乗り物酔いもなかった。

馬車ごと王宮に入り、ディランの手に導かれて王宮内に。

周囲からジロジロと見られて、ちょっぴり恥ずかしい。

だって他の騎士たちに会うと口笛吹かれたり、ニヤニヤ顔をされたりで、いつもと違う注目のされかたなんだもの。

私はそのままディランに手を引かれ、あれよあれよと出入りに許可がいる王家居住区へ。

早速ライオネル殿下にご拝謁《はいえつ》。こんな軽く会っていいの？　と困惑しながら殿下に挨拶。

しかもディランは、

「彼女と婚約したんだ」

と報告！　ちょっと！　言うの早すぎ！

「ま、まって。私、返事しましたっけ？」

「『あなたのお嫁さんになりたい』と言っただろう？　あれが返事じゃないのか？」

ポカンとした顔で言うディラン。

そういえば口走りましたね、私。

「そ、そうですけれど、その、リコリスの件で頭がいっぱいだったから……」

「撤回は受け付けないぞ」

ぇえ……と、言い返そうにも、ニッコニコ顔の彼を見て何も言えない私。

殿下も驚いた様子で、目を大きく開けて私とディランの顔を交互に見ていたけれど、「そうか、おめでとう！」と言いながらディランの腕を叩いた。

ホッとした私に殿下は、

「大方私が『クリスタベル・ファルは王太子妃候補に入るだろう』と話したから、焦って求婚したんだろう？」

と、笑いながら尋ねてきた。

「ええ？」

「ライオネル、冗談だったのか？」

「まさか。クリスタベルのギフトの話をしたら、そういう話が持ち上がったばかりだったんだ。まあ、これで牽制《けんせい》できるだろう。ベルもディランも今回の立て役者同士だ。すんなり認めてくれるさ」

「助かる」

私もディランもホッとして、顔を見合わせて笑いあう。

「息ピッタリだな」と殿下にからかわれて、顔を赤くする私と「うるせー」と憎まれ口をたたくディラン。

殿下と二人だと互いに砕けた態度なんだなぁと、ほっこりしてしまう。

「ただ、油断はするなよ。ベルのギフトは今までの聖女にない珍しいものだ。横やりが入るだろうと思っている。よからぬ思いを抱いた奴が、かどわかすかもしれないからな」

ぇえ？　そんなことまでする王侯貴族に嫁ぐなんて絶対にいやだ。

「ああ、頭に入れておくよ」

ディランの言葉が私には心強い。

頷いた殿下は私に顔を向ける。

「今日はもう疲れているだろう。国王裁判は明日の午前中からだ。それまで休んでくれ」

「その前に、リコリスに会えますか？」

裁判が始まる前に彼女にあって話をしたい。私は殿下にお願いした。

殿下は側近に頼んでリコリスに聞いてくれた。けれど、彼女の返事は「会いたくない」だった。

「そんな……」

次の言葉が出ない。

「明日、釈放されたら、いくらだって会えるさ」

ディランが慰めてくれる。

「リコリスは既に罪を認めている。だから、あとは諸事情を考慮して刑罰を軽くしてもらえるよう訴えることだ」

殿下の言葉に私は衝撃を受ける。

「でも……！　あの花は、リコリスが植えたものじゃありません！」

「それは明日、陛下の御前で訴えてほしい」

殿下の冷静な言葉に、自分との温度差を感じて私は肩を落とす。

そうだよね、彼とリコリスは友達でもなんでもないし、国を治める中核にいる人だもの。冷静だよね。

でも、彼の冷静さがやけに腹立たしい。私は怒りをグッと抑えて「はい」と返事をして部屋から出て行った。

ディランは殿下にウェズリンの現状を報告するからと、殿下の部屋に残っている。

私は王室の棟から出て、王宮の自分の部屋に戻るつもりで歩いていた。

聖女の部屋は二人部屋、もしくは個室だ。

聖女にも位があって上級聖女は、個室を使わせてもらえるけれど、私は二人部屋だった。

といっても『役立たず聖女』だった私は、同室の子にはいない人扱いされていて、話しかけても無視だったけれど。

自分の部屋の前で同室の子の嫌味を思い出して緊張してしまい、深呼吸をする。

「よし」と、扉を開けようと取っ手を掴んだときだった。

「ベル。クリスタベル・ファル」

「――っ！　は、はい！」

声をかけられて背筋が伸びる。

聖女長だ。以前はエルミリア様だったけれど、大聖女に就任されてから副長が聖女長になった。

「任務を無事に終了させたようですね。陛下への報告は済ませましたか？」

「い、いえ……。ディラン騎士団長にライオネル殿下の元へ連れていかれて……」

「あら、そうなのね。……殿下に報告したのなら大丈夫かしら」

聖女長は小首を傾げつつ言った。

「まあ、今の陛下に報告しにいったところで、聞いているかどうかだし」

と、小さく呟いたセリフを聞き逃さなかった。

エルミリア様に骨抜きになっていて、公務が疎かになっているというのはウェズリンに出立する前から聞いていた。

まだまだそんな状況なんだ、と私は内心溜め息を吐いた。

「クリスタベルは今回の任務で、ギフトが使えるようになったとか……」

話が変わり、私は頷く。

「はい、頭を強打してギフトを使うヒントを得まして……」

「頭を……？　それで傷の具合は大丈夫なの？」

「神から頂いたギフトのおかげで回復いたしました」

「そう、変わったギフトだと聞いています。近いうちに陛下に謁見を仰せつかるでしょうから、それまでゆっくりしてなさい。お疲れ様」

「ありがとうございます」

私は恭《うやうや》しく頭を下げる。

——私、初めて聖女長と話をしたんですが！

今まで、いない者扱いだったから、会ってもスルーされてたのに。ギフトが使えるようになった途端にこうか！

(仕方ないか。聖女はギフトが使えてなんぼだもんね)

人間ってげんきんだなぁと、今までの自分の境遇をつらつらと思い出して、また心の中で溜め息。

「では、クリスタベル。新しい部屋へ案内するわ」

と、告げられてビックリ。

「部屋は個室に変更になったのよ。今回の功績で個室を賜《たまわ》ったの。一階上の部屋よ。それを伝えにきたの。案内するから、ついてきて」

「聖女長自《みずか》ら……申し訳ありません」

「これも仕事の一つよ。向かいながら説明するから聞いてね」

聖女長はゆったりとした口調で説明してくれた。

個室をもらった聖女には、なんと侍女がつくらしい！　知らなかった！

それは聖女の中から選んでもいいし、城仕えの者でも、親戚でも誰でも構わない。

でも条件はあって、一定の言葉遣いと礼儀作法ができる者、そして口が軽い者は駄目なんだそう。

「じゃあ、お抱《かか》えの侍女は早めに決めてね」

と、聖女長は部屋に案内して、にこやかに帰っていった。

案内された部屋に私は、開いた口が塞がらない。

王女様が暮らす部屋とそう変わらないんじゃない？　と思える豪華さ！

天蓋付きのベッドに、豪華な調度品。天井には天使が舞っている。絨毯《じゅうたん》もフッカフカだ。

急な好待遇《こうたいぐう》に、私は呆然としたままベッドに座り込んだ。

慣れない部屋にしばらくぼんやりしていたけれど、冷静になってきて明日行われるリコリスの裁判に思いを巡らす。

（絶対、絶対に助けてみせる！　皆リコリスを慕ってるんだってこと、悪い人じゃないと思っていること、伝えなきゃ……）

ディランからプロポーズを受けたこと、部屋が変わったこととか、一日で色々なことが起きた。

私の頭も体も限界だったようでベッドに潜り込んだら、あっという間に眠りについてしまった。

◇十章　国王裁判

次の日、私は用意された聖女の服を着た。

衣装は今までのよりグレードの上がったもの。

被るベールも肩甲骨《けんこうこつ》までではなく膝辺りまであり、裾や袖の刺繍《ししゅう》も凝《こ》っているし、デザインも洒落《しゃれ》ていた。

用意してくれたのは、新しい侍女がくるまでの間の代理の人で、王宮で働く方だった。

「個室に入られた聖女様は、衣装のデザインを自由に変えられるんですよ。今回は聖女長が用意してくださいましたが、デザインが一緒なので、お早めに違うデザインを考えて衣装室にお出しください」

白を基調とするのは決まりで、金糸は大聖女のみにしか許されていないとか、赤は王家の色であるけれど赤色も種類があるから、王家が使用している赤じゃなければ大丈夫とか、注意事項を聞きながら食事を摂る。

今まで食堂で揃って食事だったけれど、今度からはここで食べるのだそうで――食事のレベルも違った。

具だくさんのスープに、パンとハーブティの朝食だったのが、スクランブルエッグとカリカリベーコンに生野菜添え、焼きたて白パン。ハーブティに、滅多に食べられない新鮮なカットフルーツ。

食事の内容が間違っているんじゃと、侍女さんを見つめる。

「国に貢献《こうけん》した聖女様は『上級聖女』様と呼ばれて、重宝《ちょうほう》されるのですもの。ご自分で掴み取った功績ですから、自信を持っていいんですよ」

「は、はい」

さあ、召し上がれと言われ、私はようやくフォークを入れる。

いいこと言う人だなぁ、この人でいいんじゃない侍女って、と思ったのが顔に出たらしく、「ごめんなさい。私、王妃様の侍女の一人なんです。今回は聖女長様の要望を受けて王妃様が私を指名してくださったんですよ」

と、やんわりと断られてしまった。

ガッカリしたけど、

「王妃様、聖女長様のご配慮《はいりょ》、痛み入ります。落ち着いたら改めてお礼に伺おうと思います」

と、返した。社会に上下関係がある場合は神経つかう。

「クリスタベル様は午前中、国王裁判に呼ばれているようですが、午後からの時間は空いております」

上級聖女になると、個別に相談や依頼がくるのだそう。午後にそういった方々と面会をしますか？　ということだろう。

それをお受けするのも聖女の仕事だけれど、選択権は聖女が持っているので自由に選べるのだと。

ただし、賄賂《わいろ》などは受け取ってはいけない。お給金は国から出るところは変わらない。

「金銭はいけませんけれど、品物は受け取っていいんです。『ご衣裳に』とか『お部屋にお飾りください』とか生地や花、またアクセサリーなどは気に入ったらお受け取りください。もちろん、お受け取りになったお品物は、害のないものか事前に調べますのでご心配いりません」

「品物は賄賂とみなさないんだ……」

呟いたら侍女さん、

「純粋な気持ちの品物だけなので。そういったこと知ることができる聖女がいるんです」

と。

なるほどね、邪《よこしま》な気持ちが入っている品物はそこで省《はぶ》くんだ。

（『憧れの芸能人に会えて嬉しい！』とかと変わらないってことかな？）

でも――午後にはリコリスの審判が下されているだろうし、彼女のために空けておきたい。

（……だって、約束したもの。お茶会するの）

「空けておこうと思います」

私はそう答えた。

午後にはすべて終わる……リコリスの大好きな飴をたくさん出そう。色んな種類の。『こんなに食べたら太る』なんて文句言うかな）

リコリスの笑顔を思い出して、私は切なくなった。

「国王裁判のお時間です。聖女クリスタベル様、証人としてご出席とのこと。ご案内いたします」

騎士が迎えに来た。

「いってらっしゃいませ」

侍女さんが綺麗なお辞儀《じぎ》をして見送ってくれる。

心臓の音が煩く私の中で響く。

――しっかりするのよ、ベル！　あなたの初めての友達を助けるの！

私は自分自身を励まし、王の御前まで歩き、膝を折った。

国王からウェズリンでの活躍を激励され、私のギフトについて聞かれる。

私はそつなく答えた。

「私は『異世界通販』と呼んでおります。この世界にある品物、そしてこの世界にはない物を購入できるギフトでございます。この世界の文字ではなかったので今までわかりませんでしたが、頭を打ったときに解読するヒントなるものが閃き、それで訳せるようになりました」

まさか「前世の言葉ですぅ」なんて言ったらややこしいことになるので、そこは誤魔化した。

精神年齢高いから、このくらいの嘘を混ぜて話したって怖くもなんともない。

――私が怖いのは、リコリスを失うこと。

おお！　という驚きと歓喜に満ちた声が、そこかしこから上がる。

「ここでその『異世界通販』となるものをしてみよ」

「お言葉でございますが、本日は裁判の名目で呼ばれた身でございます故《ゆえ》、ここでギフトの披露《ひろう》は控えたく存じます」

不満の波動が前方から流れてきているのを感じるけれど、「奥の手」は最後までとっておくと決めてある。

そう、リコリスを助ける条件に入れてあるんだ。

通販してほしければリコリスを釈放しろ――と。

大人のずるい考えだと思う。けれど私はズルい部分も正義の部分も、持ち合わせて生きてきた。そうじゃないと生きていけない人間社会で生きてきた、前世の記憶を持っている。

「陛下、聖女クリスタベルの言う通りです。彼女のギフトのお披露目《ひろめ》は後日にしましょう」

国王陛下を制してくれたのは、ライオネル殿下だった。

息子の言い分に国王陛下も渋々頷いてくれた。

「わかった。クリスタベルよ、後で皆の前で披露をしてくれ」

「承知しました」

私は平静に返事をして下がる。

他の重臣や臣下たちは謁見場であり、裁判の場所になっているこの大広間の脇に控えていた。

私は聖女長の視線に導かれ、彼女の隣に立つ。

改めて玉座を見ると、中央に国王陛下。向かって右には本来なら王妃が座るけれど、今回はライオネル殿下が座っていた。

そして左には大聖女エルミリア様が国王陛下の横に立っている。

国王陛下にピッタリと寄り添っている姿は、まるで長年連れ添っている夫婦にも見えた。

「嫌だわ……」

　聖女長様が小さい声でポツリと呟く。

　表情は変わらないけれど、声から嫌悪感がにじみ出ているところからして、国王陛下とエルミリア様の仲を怪しんでいるんだろうな。

　私も聖女長につられてエルミリア様に視線を移すと――彼女とバッチリ目が合ってしまう。

（に、睨んでる……！　ヒィ！　怖い！）

　うわぁ、と内心怯《おび》えつつ、会釈をする。

　しっかりアイラインを引いて目力《めぢから》を出しているエルミリア様は、目じりが吊り上がっていて般若《はんにゃ》のように見える。

「気をつけたほうがいいわね、クリスタベル。貴女、エルミリア様に目をつけられたわよ」

　聖女長様がこちらを見ないで真正面を見ながら、小さい声で囁いてくる。

　足がブルブルとブルってる！

「な、なんでですか？」

「陛下の気を引いたからでしょ。物をギフトで出すとき、気をつけたほうがいいわ。重要度の低いものを出したらいいわ」

「そ、そんな凄いもの、だ、出せませんので大丈夫です……」

苦笑いして誤魔化す私。

長くて赤い絨毯を越えた反対側にはディランがいる。

癒やしが対面にいてくれてよかった。

目が合って微笑まれて、ホッとした私も笑みを返した。

◇◇◇

「これからウェズリンで起きた魔獣襲撃に関する裁判を始める」

宰相《さいしょう》が大きな声を上げた。

扉が開き、兵士たちに挟まれてやってきたのはリコリスだった。

両手を前で縛られた状態だったけれど、足取りはしっかりしていて私は安堵した。

兵士たちにせっつかれ、彼女は両膝を着く。

「名前は？」

「……リコリス・レイバー」

「職業は？」

「魔女」

「そなたは『魔酔せの花』が魔獣を引き寄せ、酩酊状態にして人を襲わせる植物だと知って、ウェズリン周辺に球根を植えた。――間違いはないか？」

「異議あり。『魔酔せの花』はリコリス・レイバーが植えたものではない。彼女の亡くなった師が植えたものだと証言がとれている」

ディランが挙手して事実を改めさせる。

「では、リコリス・レイバーの師が植えたことを彼女は知っていて、それを始末しなかった。いや、師を諫《いさ》め、止めることをしなかった――で正しいか？」

宰相の言葉にリコリスは、頷くことも否定することもしない。

「リコリス・レイバー、答えなさい」

「……また同じことを話さなきゃならないんだ？」

リコリスが、うんざりとした口調で返してきた。

「リコリス・レイバー！　余計な言葉は喋るな！　その分罪が重くなるぞ！」

宰相の叱責に私は血の気が引いた。

（リコリス！　何度も同じこと聞かされるのって面倒だけれど、事実だけ述べて！）

私は両手を重ねて祈る。

――リコリスは深く溜め息を吐くと、淡々と語った。

「自分がまだ子供のときにウェズリンにきたけれど、閉鎖的で、余所者である私たちを受け入れてはくれなかった。領地の端に建てられた古い家に住むことは許されたけれど、度々、嫌がらせに部屋を荒らされていた。数年経ち、ウェズリンに風土病《ふうどびょう》が蔓延《まんえん》して、あたしが薬を作り、それを無償で渡したことで受け入れてくれた。どうしてその薬を作れたかっていうのは、私も師匠もその風土病にかかったからだよ。自分の身で効く薬を何度も作りなおしたんだからさ。私の体調もけっこうやばかったけれど、一刻も早く薬を作るほうが大事だから。その努力を認めてくれて、領民たちの中に入ることができたんだ。……でも、師匠は亡くなってしまった。それからしばらくして、この地域には咲かないような花が咲いていることに気づいたんだ。もっと南のほうで咲く花なのにおかしいなって。最近温暖化してるから生態系が変わったのかとも考えたけれど、それが球根で増えるものだったから違う、と思った。誰かが植えたんだ、って。それで嫌な予感がして師匠の残した手記を全部読み漁《あさ》ったんだ。師匠は領民の嫌がらせ行為を根に持っていた。密《ひそ》かに持ってきていた魔獣を引き寄せる花の球根を植えたんだよ。師匠は自分もろとも領民と一緒に魔獣に食われて、復讐を果たすつもりだったんだ」

　師匠がしでかしたことは、弟子である自分がなんとかしなくちゃいけない！

　だから一人でこっそりと植物を見つけては伐採をしていた。

「……黙っていたのは……ようやくウェズリンの民として認められたのに、このことがばれて、居場所がなくなってしまうのが……あたしは嫌だったんだ……。ずっとずっと師匠と土地を転々として生きてきた。年を取った師匠が『ここを永住《えいじゅう》の土地にしよう』って『ここの領主は余所からやってきた人間にも優しいと聞いているから』って。でも領主は受け入れただろうけれど、民《たみ》は受け入れてはくれなかった。それでもウェズリンに住もうって、師匠ももう高齢だったから他の土地へ行くほどの体力はなかったし……。耐えて耐えて、ようやく領民の仲間入りできたのに……今まで一緒に笑い合いながら生活してきた人たちから、嫌われて追い出されてしまうのが哀しかった……」

リコリスが淡々と語る内容に、私は鼻をすする。

きっと、ここでは言い切れない哀しいことをたくさん経験してきたんだろうな。

前世の世界でも村という社会では、余所者を嫌う風習がまだ残っている地域があるのは知っていた。

けれど、私の身の回りでは起きなかったことで、物語の一つのような感覚で話を聞いていた覚えがある。

実際に友達がそんな目にあって、それに耐えてきて、ようやく——のところで、今まで育ててくれた人が最悪な物を残していったのだから。

リコリスの話が終わった後、しばらく静寂が起きていた。

同情的な雰囲気があり、隣の聖女長様もそっと目頭《めがしら》を押さえている。

そんな中、ディランが一歩前に出て国王陛下に告げる。

「彼女が師の行為に気づいたのは亡くなった後のことで、それからは『魔酔いの花』の伐採に努めている。そしてウェズリンの民や我々の騎士団にも貢献してくれた。情状酌量の余地はあるのではないでしょうか？」

「ううむ」と国王陛下が顎を擦り考えに耽《ふけ》りつつ、口を開いた。

「だが、報告を怠り秘匿《ひとく》し、ウェズリンの民を苦しめたことと、『青の鷹騎士団』に多くの被害を与えたことは事実だ。その罪は償《つぐな》わなくてはならない」

「――そのことなのですが」

ライオネル殿下が国王陛下に書類を渡す。

「これはウェズリンの民が『リコリス・レイバーの罪を軽くしてほしい』とサインした嘆願書です。ウェズリンの民たちは彼女を罪人にすることに反対しています」

リコリスが驚いて顔を上げた。「どうして？」と交互に私とディランを見る。

「しかし、全ての罪を許してしまうのは、これからの裁判で『民の嘆願書があれば無罪にできる』という判例を作ってしまい、混乱が起きますぞ」

「そうです。重罪を犯した者がいるとしましょう。その者が仲間に『嘆願書を書いてくれ』と言って、サインを求められて、理由を知らない者たちが書いてしまうことだって起きましょう」

「それだけでなく、脅されてサインを書く者だって出てくるかもしれません――いや、今回だって、もしかしたらそうかもしれませんぞ！」

　重臣たちの疑いの言葉に私は声を上げた。

「それは違います！　ウェズリンの民たちは自ら率先してサインをしたんです！　民たちはリコリスがどれだけ自分たちに寄り添い、頑張ってくれていたかを知っています！　だからこそ、私とディラン――様に嘆願書を国王陛下に渡してほしいと頼んだんです！」

　けれど私の意見をきっかけに、喧々諤々《けんけんがくがく》としたものになってしまった。

　一刻ほどの意見の交換で、国王陛下が、

「無償で三年の鉱山労働とする！」

と声を上げた。

「国王陛下！　女性の身で鉱山労働は大変です！　お考え直しください！」

　私は壇上にいる国王陛下に膝を折り、頼み込む。

　ニヤリ、と陛下が笑う。意地汚さそうな笑みに私は嫌な予感がした。

「――では、聖女クリスタベル・ファルよ。リコリス・レイバーの友人だと言うそなたがこれから先、聖女としてギフトを王家のために使うというなら、執行猶予《しっこうゆうよ》三年としよう」

　陛下の言葉に私は言葉を失った。

『王宮聖女として王家のためにギフトを使う』

　要するに私的にも使える聖女になれ、ということだ。

その裏の意味は——結婚はできない。ディランと夫婦になれないということ。

そして死ぬまで聖女を辞められない。

最悪、国王陛下、もしくは王家の誰かの愛人となれ、ということだ。

『王太子妃候補になれ』という言葉が出てくるのかと思っていたけれど、それよりももっと重たい内容に、私はどう答えていいのか分からなくなってしまったから。

「……それは」

私が陛下の言った意味について頭を悩ませていると、

「わたくしは反対です」

と、声高に言い出した人がいた。大聖女エルミリア様だ。

「陛下、聖女のギフトと引き換えに罪人の罪を軽くするなどということを、してはいけませんわ！　聖女は国のものであって王家のものではありません！」

「そ、そんな意味で言ったわけでは……」

「そのように聞こえました！　クリスタベル・ファルのことは聖女を統括する大聖女であるわたくしが決めることです。罪人と聖女はお分けください！」

（エルミリア様が真っ当な意見を述べてる）

ううん、周囲の目があるとちゃんと大聖女らしい言動をする人なのよね。

——でも正直、困る。

国王陛下の提案を承諾しないと、リコリスは罪で鉱山労働の刑を受けなくちゃならなくなる。

私がどう返事しようか悩んでいる間に、国王陛下とエルミリア様の言い合いはヒートアップしていく。

熱が上がっているのは主にエルミリア様だけど。

「わたくしの承諾なしに聖女を私物化させようだなんて、わたくしを軽んじているのですか！」

「い、いや……そうではない！　ただ、クリスタベル・ファルのは珍しいギフトと報告を受けている。内容からして、国に利益をもたらすことには間違いはなくて……」

「まずはギフトを見てからお考えください！　――クリスタベル・ファル！」

「は、はい！」

いきなり呼ばれて直立する私。

「今！　ここで！　ギフトを使いなさい！　陛下に貴女の『異世界通販』というギフトをお見せしなさい！」

「はい……！」

これは断ったらまずいやつだ。エルミリア様の目が据《す》わっている。ここで断ったら後々まで意地悪されそう！

「で、では……『オープン』！」

いつもの画面が出る。周囲から驚きの声が上がった。そう、画面の枠は他の人たちにも見えるんだよね。これがなかったら宙を見てブツブツ言っている怪しい人にしか見えないから、それは助かってる。

「クリスタベル・ファル、ギフトの説明を」

宰相が私に命じる。

「はい。これは『通販画面』というものです。ここに欲しい品物のキーワード……ええと例えば『革』『生地』と入力します。すると、幾つか候補の絵が表示されます」

宰相とライオネル殿下が傍に寄って、一緒に画面を眺める。

「……見えないな」

「ええ、見えませんね」

「残念ながら入力できるのも、画面の絵を見ることができるのも私のみです」

「それでは、本当にクリスタベル・ファルがギフトを使えるようになったのか、分からないではありませんか」

エルミリア様が馬鹿にした声を上げる。

周囲の重臣たちも一同に騒ぎ出す。

「確かに。本当にギフトが使えるようになったのか？」

「嘘ではないのか？」

ライオネル殿下が手を上げ、周囲を黙らせてくれた。

「では、クリスタベル・ファルよ。私が言った品を出してくれ」

「……経験が必要なようで、今の私の経験値で出せない品もあります。それはご了承ください」

わかった、と殿下。

「なんだ、やっぱり役に立たないんじゃ」という横やりが入ったけれど、気にしない。気にするのは、この世界に絶対に流通させたらいけない品を購入しないように気をつけることだ。

私はチラリとディランを見る。彼は「大丈夫」と頷いた。

恐らく殿下と話がついてる。この世界にとって危険な品は購入しないと。

「そうだな……では、『胡椒《こしょう》』を頼む」

「はい」

よかった。さすが殿下。この世界で高値で流通しているものを掲示してきた。

まあ、ウェズリンでガンガン使ってましたが。

（ええと……この世界の胡椒は粒なんだよね）

粒胡椒と入力すると、パパッと画面が変わり、粒胡椒が並んだ画面が出てくる。

「とりあえず、一番量の少ないのを購入します」

「購入というのだから、代金が必要だろう？　どうするのだ？」

「今回は私の聖力を使います。他に王国の通貨や、魔力、魔石、生命力でも購入できます」

「生命力……命と引き換えか」

ライオネル殿下の言葉に周囲の人たちがざわめく。

殿下がわざわざ「生命力」という言葉を選んだのは、無理をさせれば聖女の命が危ういと気づかせるためだと思う。

「聖力も使いすぎれば命にかかわる。今回の購入は平気か？」

「一番量の少ないものですから大丈夫かと。もちろん、国全体で使う量を買えと申されていたら危険でしたが」

私はそう言いながら支払い選択で『聖力』を押し『購入』をタップした。あ、場所指定しなかった。

シュッと音がしたので、思わず上を見て身構えた私。この場にはテーブルがないから、また頭上に落ちてきそうで。

しかし！　落ちてこないで床の上に現れたわ！　更に進化した！　いい子だ『異世界通販』！

突然出現した胡椒の袋に一同、歓声が上がる。

「もしや、宝石や金なども購入できるのか？」

「そんな物より、鉄や鉛《なまり》であろう！」

「いやいや、もっと未知数の、武器の方がいいだろう！　国の防御を上げるんだ！」

「私ならこの国にない書物がいいぞ！」

好き勝手に言い合っている重臣たち。

（そうなると思ったのよ……）

自分の懐を痛めずに、欲しい物が買えちゃうもん。

欲で目がギラギラし始めている重臣たちに私は怖くなって、距離を取るために後ろに下がった。

「ベル」

それに気づいたディランが、私を守るように傍に来てくれる。

そんな彼の行動は重臣たちの癇《かん》に障ったらしく、喚《わめ》き始めた。

「ディラン！　聖女を独り占めする気か！」

「その聖女は特別だ！　お前が守らなくても我らがお守りする！」

「そうだ！　我が侯爵家の嫁になれば！」

「何を!?　それは公爵の私が言う台詞《せりふ》だ！」

ヒートアップする中、ライオネル殿下が厳しい口調で声を上げた。

「待て！　『異世界通販』ができるのはクリスタベル・ファル一人のみ！　替えはきかんのだ！　それにこのギフトの使い方がわかり、制限を知るのは本人のみである！　無理強いは禁じる！　『異世界通販』を使用するしないは、クリスタベル・ファル本人に決めさせる！」

ライオネル殿下の鶴《つる》の一声で皆黙り込む。

（国王陛下より権限もってない？）

陛下も何か言いたそうに口をモゴモゴさせていたけれど多分、自分の欲求の品が欲しくて頼もうとしたら、息子である殿下が先に禁じたから言えなくなっちゃった、って感じかな？

「殿下、お待ちください。それは陛下が決めることです」

早速、エルミリア様が異議を唱えてきた。

「決定権はこの国を統治する者——国王陛下でございます。さあ、陛下のお考えをおっしゃってください」

エルミリア様が促してくれたことで気をよくした国王陛下は「こほん」と咳払いすると、威厳を載せて意見を述べる。

「そうだ。ライオネルの言う通り。クリスタベル・ファルのギフトは今までにない稀有《けう》なものだ。軽々しくは使えん。これはあとで改めて会議を開き、ギフトの使い道を議論しなくてはならぬ」

常識的な応えで私はホッとする。ディランも安堵したように息を吐いた。

「では、クリスタベル・ファルは王家ではなく、従来通り王宮預かりということでよろしいですね？」

「うむ……そういたせ」

ライオネル殿下が念を押し、国王から言質を取った。

「話が逸れましたが、リコリス・レイバーの罪状はいかがしましょうか？」

宰相がきりの良いところだと、話を戻すと待ってましたと言わんばかりにエルミリア様が口を開いた。

「陛下。大聖女としての、わたくしの意見を申し上げます。彼女は確かにウェズリンに貢献したでしょう。しかしながら師である者の罪を隠していたことは、今回の事件を長引かせた要因でもあります。陛下や殿下の配下である騎士団を派遣までさせ、領民と同じく苦しめたのです。騎士団とともに結界を張ったり、治療を行ったりと協力はしたようですが、それは当然のこと。罪と相殺《そうさい》にはなりません。執行猶予や鉱山労働では生温《なまぬる》いと、わたくしは存じます。……いえ、もしかしたらこの魔女は自分が王宮仕えを目論《もくろ》んで、『魔酔せの花』の存在を殿下がやってくるまで隠していたかもしれません」

「そんなこと、考えてない！　そもそもあたいは、王宮仕えなんてごめんなんだ！」

「喋るな！」とリコリスを見張っていた兵士が彼女の背中を叩く。

「暴力は止めて！」

たまらず私はリコリスの元へ駆け寄り、庇った。

そんな私の行動を見てエルミリア様は、眉を顰めて言った。

「聖女でありながら罪人と仲良くするなどと……聖女としての躾《しつけ》がなっていないようですね。まあ、親に見放されるほどの子ですから仕方ないのかしら？」

「——!?」

エルミリア様は私の過去を知っている。ギフトが使えずに親に見捨てられたことを。

さぁ、と血の気が引いた。と、同時、父親に突き飛ばされたときの記憶が蘇ってくる。

『お前に父親呼ばわりされたくない！　もう、儂ら家族の前に顔を見せるな！』

——そう言われても仕方なかった。

——家族だって、ギフトの使い方を調べて手伝ってくれたのに、全くわからなかった。

希望は何度も裏切られれば、絶望の淵に沈んでいく。

家族はこれ以上、私と一緒に顔を下に向けて生きたくなかった。

——これ以上、私を恨みたくなかったから、私をアルシア王国に置いていった。

納得してる。

けれど、私の心をいまだ抉る出来事なのは確かで――体の震えが止まらなくなってしまった。

「ベル、しっかりしろ」

私の変化に、ディランが私の肩に手を当てて引き寄せてくれる。

「ディラン……」

そうだ、今はディランがいる。そして初めての友達のリコリスだって。

(今の私は一人ぼっちじゃない！　ディランがいる、リコリスだっている、ウェズリンで仲良くなった領民たちだっている！　……それに名前はいまだに思い出せないけれど、前世の記憶のおかげで逞しくなってる)

私もディランに見習って、強い眼差しでエルミリア様を見つめた。

「エルミリア様、言葉が過ぎるのでは？　聖女クリスタベル・ファルは今までギフトが使えず、王宮内でずっと辛い思いをしてきた。親にも見放されました。それを知っていながら放置していたのは、いったいどなたです？　――誰にでも公平であって、困っている者に手を差し伸べなければならない大聖女であるのに。まさか出自《しゅつじ》や過去で人を判別して放置していたのですか？」

ディランに言い返されてエルミリア様は、半笑いしながら口を開く。

「ギフトが使えるようになった途端に、男を手玉に取るような子ですよ？　わたくしにはこの子の性根が視えましたから。貴方のようにお気に入りを周囲に置いているのでしょう?」

とうとう私の中で「プッツン」と堪忍袋《かんにんぶくろ》の緒が切れた。

(陛下を手玉にとってるあんたはなんなの! と、言うかもう『様』付けなんてしてやらない!)

とはいうものの、さすがに公衆の面前で、呼び捨てはできない。私はいま、エルミリアの部下みたいなものだもんね。

私はエルミリアに向かって口を開いた。

「エルミリア様にお尋ねします。エルミリア様は魔獣や魔物を操作できるギフトをお持ちです。そして、大聖女様のギフトでもあった『結界』も使えるようになったと。本来ならばウェズリンに行くのは私ではなくエルミリア様だったと伺っております。エルミリア様が向かえば、もっと早く事件が収束したのではないでしょうか?」

「わたくしは王都を魔物や魔獣から護らなくてはなりません。私が王都から抜ければきっと瞬く間に魔獣や魔物が襲ってくるでしょう。何せ、結界のギフトを持っていた王妃様がその力を使えなくなってしまったのですから」

「聖女の中には力の差はあるけれど、『結界』のギフトを持っている者がいるはずです。その者たちが力を合わせれば一日は余裕で持つはず。ここからウェズリンまでは馬で半日。

魔獣をエルミリア様のギフトで遠ざけて結界を張って帰るには十分に間にあうはずです。そういう案も出たと思います。けれどエルミリア様はしなかった。当時、ギフトを使えなかった私をウェズリンに派遣させた」

「それは、『ウェズリンでギフトが使えるようになる』と神の啓示があったからです。お話ししたでしょう？」

「結局、結果論ですよね？　付き添ってきた兵士が私に話してくれたんですよ。それは嘘だったんでしょう？　国王陛下がウェズリンは『極悪犯罪者の流刑地』とお決めになって、私は『聖女でありながら国のためにギフトをつかえない罪』で、処分のためにウェズリンに連れていかれると。――まあ、その兵士たちも兵士ではなくて王都のゴロツキだったそうですが！」

　重臣たちが騒ぎ出した。

「陛下！　ウェズリンを流刑地にするなどと聞いておりません！」

「事実なのですか？」

「エルミリア殿！　いったいどういうことなのです！」

　一斉に国王陛下とエルミリアに詰め寄る重鎮たち。

「あ、あとで議会にかけるつもりだったのだ！」

「しかし、派遣していた王太子殿下の騎士団をどうするおつもりだったのです？　しかもギフトを使えないという罪で聖女を犯罪者にして流刑地に送る？」

「正気《しょうき》の沙汰《さた》じゃない！」

重臣たちの視線は、国王陛下からエルミリアに変わる。

「エルミリア殿！　あなたは存じていた！　なぜ陛下をお止めしなかったのです！」

「まさか？　エルミリア様のお考えではあるまいな？」

「最近の陛下は確かにおかしい！　エルミリア様にご執着《しゅうちゃく》でご公務も疎かだ！」

「隠しているギフトがあるのではないか？」

「『魅了』とかか？」

重臣たちがジリジリとエルミリアに詰め寄っていく。エルミリアは怯えた顔で国王陛下にしがみついた。

その様子をディランは「あー」と言いながら額を揉んで、ライオネル殿下は顔をしかめている。

収拾がつかなくなった場内。

ライオネル殿下が声を張り上げた。

「静まれ！　ウェズリンのこの件、リコリス・レイバーを含み複雑になっている。『流刑地案』も入れて、改めて調査をして議会にかけることを提案する！　大聖女エルミリア・コーネも自室にて待機、見張りをつける！」

「わ、わたくしを？　わたくしは大聖女ですよ？　これだけ国に貢献しているわたくしを、まるで犯罪者のように……！」

「ご心配なく、国王陛下も同じように自室に待機していただくだけですので」

ライオネル殿下はエルミリアに、にっこりと貴公子スマイルを返す。

うわぁ、その笑顔怖いわ、目が笑ってない。無理に微笑んでいるの丸わかり。

「わ、儂もなのか!?」

国王陛下もそりゃあ驚くよね。息子に「しばらく引っ込んでろ！」と言われるようなものだもん。

「ちょ、ちょっと待て！　ライオネル！」

「殿下！　わたくしはなにもしておりません！」

兵士たちに囲まれて退場する二人を見送る私たちだった。

「これって……あたしの国王裁判……だったよね……？」

ポカーンとした顔で尋ねてくるリコリスが、すごく印象的だった。

◇十一章　エルミリア、貴女の勝手にはさせません！

リコリスの国王裁判は休止になってしまった。

リコリスが兵士たちに連れていかれてしまう！　私は慌てて駆け寄る。

「少しでいいからリコリスと話をさせて！」

私の訴えにリコリスは首を横に振った。

「もう、あたしにかかわっちゃ駄目だ。あんたは立派な聖女なんだから」

「でも！　私、リコリスには罪はないって思ってる！　私はウェズリンにいたときのリコリスを見ているもの！　子供思いで、勇気があって、領民や騎士団の健康や怪我のこと考えて行動して、騎士団と一緒に討伐に参加して！　花のことがあっても、そこまで出来る人が利己的に動くとか、罪悪感で動くとか、そんな簡単な感情だけで動けないよ！　リコリスは困っている人がいたら放っておけない、誰よりも優しい人なんだって私はわかってるもの！」

「うるさい！」

リコリスの荒げた声に、私は驚いて肩を震わせた。

「……あんたのギフト目当てだったんだよ。頼めばホイホイ菓子とか出してくれて。ちょっと親切にしてやったら、喜んじゃってさ。ただで薬草出してくれるかもしれないところまでいったのに……あ～あ、残念」

「リコリス……」

「私は魔女なんだよ？　要するに聖女の落ちこぼれ、劣化版が魔女なんだ。この国ではそういう位置づけなんだよ。あたしとあんたは元々、相《あい》いれない関係なんだ」

そう思っていたの？　魔女は聖女の劣化版だって。

声が震える。

「違う……。魔女は、リコリスは……落ちこぼれでもなんでもない」

リコリスは、さもおかしそうに笑った。

「あんまりあんたがお人好しだから、こっちが可哀想な気分になっちまったよ。……もう、あたしにかかわるんじゃないよ。――じゃあね」

リコリスは「ふん」と顎をしゃくり上げ、私から顔を逸《そ》らして、そのまま兵士たちに連れていかれたしまった。

「ベル、平気か？」

肩に乗るディランの手に気づく。

「……リコリスの嘘つき」

「だな」

ディランも私の感想に同意した。

◇ ◇ ◇

「とにかく、リコリスの裁判が延期になったんだ。次回はもっと、こちらが有利になるように動かないと」

「騎士団の方々の証言はとれませんか？　リコリスがどれだけ魔獣討伐に貢献していたという話を証言してほしいんです」

ディランと歩きながら、今後の話し合いをする。

ここにライオネル殿下がいてくれればもっと、有効な手段を提案してくれたかもだけれど、今は自分の父親である国王陛下とエルミリアにかかりっきりになっている。

「聖女問題で、リコリスの裁判が有耶無耶《うやむや》になってくれないかしら？」

「それは駄目だな。そのまま忘れ去られて死ぬまで牢屋とか、気づいて見に行ったらネズミに食われてた、という過去話があるしな」

「……うわぁ」

想像して、ぞっと身震いする私。

「しかし……こっちは慌てたんだぞ。ベルが急にエルミリアのウェズリン討伐に行かなかったことと、流刑地計画のことを話しだすから」

「えっ？　話したらマズかったの？」

「殿下と最終的には、そっちの話に持っていくつもりで計画を立てていたんだ」

それを突然にベルが言い出すから――と、私のせいで計画が狂ったと言わんばかりにディランが溜め息を吐く。

なんだか癪《しゃく》に障る。

「なら、事前に私にも話せばよかったじゃないですか。私だって言ってくれればタイミングくらいはかれます」

「しかし、君はリコリスのことで頭がいっぱいだっただろう？　だから余計なことは言わないようにとライオネル殿下と……」

「リコリスの罪が軽くなるための一つじゃないですか！　それに、そのくらい私だってできますよ！　ぜんっぜん余計なことじゃありませんから！」

「いや、しかしなぁ……」

「私がそこまでできない、頭の悪い子だと思ったんですか？」

「そうじゃない」

どうしてか、ディランの言葉の一つ一つが、かちんとくる。すごくイライラする。

「リコリスのことだけに集中してほしかったんだ、俺は……でも、確かに……悪かった」

素直に謝ってくれるディランに私はどうしても「私もイライラしちゃって」と、頭を下げることができない。

「もう、いいです」

冷たく言い切って、私はディランから早足で離れた。


なんで私、怒ってるんだろう?

ディランが言ったことって、そんなに怒ること?

私は自室の扉前まできて「あー」と額を押さえた。

たぶん、リコリスに言われたことが、思ったより打撃だったんだ。

嘘だってわかっているのに、ベルの私は傷ついた。

前世の感情は、リコリスの嘘に怒っている。

行き場のない怒りをディランに向けた。

「これは時間を置いたら謝りづらいやつだ……。謝ろう」

そうして、改めて『リコリスを助ける作戦』を立てなきゃ。

「そう聞こえます！」

踵《きびす》を返し、ディランに会いに行く。多分、今後の話し合いのために、ライオネル殿下の部屋にいるだろうと推測を立てて。

「……ライオネル殿下の部屋は、私一人では行けないよね」

王室居住区は、大聖女と聖女長以外の聖女は事前に許可をとらなきゃいけないはず。上級聖女《わたし》はどうなんだろう？　と物は試しに行ってみたけれど、居住区へ続く大きな扉の前を守る騎士たちに却下された。やっぱりか。

手間がかかるけれど、許可をもらいに管轄部署に行こう。

ここで私、はた、と気づいた。

(どこで許可をもらえばいいんだろう？)

王宮に住んでいるというだけで、王室の方々に縁のなかった生活だったし、そんな必要もなかったからわからない。

(あの侍女さんに聞いてみようかな)

臨時の侍女さんならわかりそう。だって元々王妃様付きの人だもの。

思い立ったが吉日として私はすぐに自分の部屋へ向かった。

「……はずなのに……どうして迷うの……？」

部屋から兵士さんに広間へ案内されているとき、道を覚えておけばよかった。

ディランに送ってもらったときも、彼と話し合いながら歩いていたから覚えていない。

リコリスのことで頭がいっぱいで、周囲の景色を覚えておかなかったことを後悔する。

階段を下りたことは覚えているので、とにかく上に向かって歩いていけばどうにかなるでしょ！

なんて思ったのを後悔する。考え方が雑すぎた。

とにかく階段を下りて、元の位置からスタートしよう、と下りたら知らない場所で、他の階段を探して歩いて、階段を上がったら知らない場所で、また下りて移動して――と繰り返してたら完全に迷子になってしまった。

(案内図くらい壁に貼っておいてよー)

私、半泣き。

「ど、どうして……？　私って方向音痴だった？」

人にも会わないから、ここがどこなのか聞くこともできない。

とにかく、人を探そう！　そして案内してもらおう！

明るい方へ、華やかな方へ歩いていけば問題ないだろうと、私は足を進めていく。

すると、女性発見！　嬉しくて駆け寄る私だったけれど、相手が誰だかわかって足を止めた。

エルミリア……？

向こうも私に気づき、片方の口角だけ上げた。

「こんなところで何をしているのかしら？　寄生先の男でも物色中？」

「部屋に戻ろうとして道に迷ったんです」

カチンときたけれど、今はそんなことを話している場合じゃない。

問題は、どうして自室で軟禁命令を受けた彼女が、部屋から出ているのかだ。

「ああ、確か昨日から個室になったと報告があったわね」

「私のことはどうでもいいんです。どうしてエルミリア……様は殿下のご命令に背《そむ》いて部屋から出ているか、です」

エルミリアはフン、とおかしそうに鼻を鳴らす。

「女の魅力がわからない坊やの命令なんて、紙くずにさえ値《あたい》しないわ」

見なさい、と言わんばかりに組んだ腕にたわわな胸を乗せる。

「だからと言って部屋から出るのは、命令違反です。知られたらもっと重い処罰を下されますよ」

だからさっさと自分の部屋に戻ったら？　という意味を込めて言ったけれど、エルミリアにはムッときたらしい。

「上級聖女になったからと、わたくしに偉そうに物言いを。少々お仕置きが必要なようね」

エルミリアの真っ赤に塗った唇が上がり、それは魅力的に、邪悪に笑った。

「――っ！」

聖女らしくない厭《いと》わしさに怖気《おぞけ》立つ。私は無意識に後ろに下がっていた。

「あら。上級聖女になっただけあるようね。わたくしの『魅了』が効かないわ」

「やっぱり、『魅了』のギフトもお持ちだったんですね」

「『魔獣を操る』ギフト名が元々『魅了』なのよ。ただ人を操れるほどの力がなかっただけ」

エルミリアはそう言いながら右手を振る。後ろに控えていた兵士が私を捕えた。

「離して！　あなた、こんなこと見つかったら、罰則よ！　それでもいいの？」

けれど、兵士は黙ったまま私を拘束する。素早く、手際《てぎわ》がいい。

――なのに、目に生気《せいき》がなくて虚《うつ》ろだ。

この人、洗脳されてる？　エルミリアの『魅了』のせい？

「口を塞いで頂戴。それから、荷物みたいに誤魔化して」

「エル……ッ、ミリッ……！」

「生きがいいから暴れそうね。しばらく気を失ってもらいましょう」

腹に鈍痛を感じた瞬間、私の視界は真っ暗になった。

◇　◇　◇

ゴロゴロと転がされ、固い感触に私は目が覚めた。

私は腹の痛みを手で押さえながら体を起こし、空気の臭いに鼻も押さえた。

「……ここは？」

（――この臭い、覚えがある）

動物――しかも魔獣の臭い。

（それと……血の匂いもある）

魔獣のものなのか、人のものなのか判断できないけれど。

私は殴られたお腹を擦りながら、明るい方へ進んでいく。

自分はどうやら、牢屋みたいな場所に放り込まれたらしい。

冷たい鉄格子の一本を握り、隙間から顔を覗かせた。

顔が出るくらいの隙間があって助かる。

ウォンウォンとか、ギャーギャーとか、どう聞いても動物でしかない声がそこかしこから上がっている。

というか、お隣さんは魔獣さんかな？　ウゥゥウと唸る獣の声が一番大きく聞こえた。

「ここ、どこなんだろう？　王宮から移動したのかしら？」

そんな長い間、私は気を失っていた？

「誰かー！　いませんかー？」

思い切って声を上げたら「ギャーギャー」「ウォオン」という声と同時、壁や鉄格子に体をぶつける音が響き、一気に喧《やかま》しくなってしまった。

「……これは命の危機かな？」

「オープン」と私は通販画面を出す。

これは非常事態だと、例の物を購入する決意をした。

（他のも出しておこう。威嚇《いかく》できる物で隠せる大きさのを）

ちゃきちゃきと購入する。もちろん、今は聖力と生命力しか使えない。だから使いすぎてバテない程度まで購入。

もちろん、栄養補助食品も。

「ええと、こういうの付けると格好いいんじゃない？　隠せるし、憧れちゃう。あと、ウエストポーチも一応買っておこう」

腹が減っては戦ができぬと、私は通販で購入したおかずパンをもしゃりながら支度をする。

私がここにいるのはエルミリアの命令に決まってる。いなくなって心配しているディランや侍女さんにはもっともな言い訳を話していて、助けにこない可能性だってある。

（とにかく、ここが何処なのか把握して、それから逃げ出すことを考えなきゃ）

コツコツ、と切れの良い靴音が聞こえてきた。

誰か来た！

「誰かー、いませんかぁ？」

「間抜けな声出さないでくれる？　わたくしの可愛い子たちが騒ぐでしょう？」

ガッカリした。

内心はそうだと思っていたけれど、その辺に私を放り出して牢屋に入れられたなら、まだ希望があると思っていたから。

「ここはどこなんですか？　しかも魔獣がいるようなんですが」

私は顔を引っ込めて彼女に尋ねる。

「ここはわたくしの実験場」

「実験、場？　魔獣がいますよね？　魔獣同士を格闘させて？」

「魔獣はわたくしが『魅了』でテイムしたのよ」

ふふふ、とエルミリアは妖艶に微笑む。

「わたくしは魔獣を操ることができる。けれど、『どれだけの魔獣を操られるか』『どれだけ自分に従うのか』調べないとわからないでしょう？　それを調べるために王宮の地下に実験場として造ってもらったのよ」

「王宮の地下、なんですか？　でも、魔獣の声なんて今まで王宮にいて聞いたこと、ありません」

人の声でこれだけ大騒ぎする魔獣だ。声に気づいてもおかしくないのに。

「聖女のギフトで更に結界や防音・防風・防御している場所はどこ？」

エルミリアの謎かけに私は「まさか」と声を上げた。

「王家居住区！」

「正解」と、エルミリアが楽しそうに答えた。

「王家の住まいの地下に魔獣を飼うなんて！　何を考えているの！」

「あらぁ、私だけの力で造れないわよ。もちろん、陛下の御力もあってのことよ」

「信じられない……」

「言ったでしょう？　魔獣がどれだけ私の命令に従うか実験しないといけないの。それでお願いしたら、即答だったわ」

「……国王陛下も『魅了』で操っているんですか？」

「最初はそうだったけれど、今は違うわ。陛下は、わたくし自身に夢中になっているのよ。女性としてなんの魅力のない聖力だけの王妃で、しかも歳を取ったおばさんなんて陛下じゃなくても捨てられるわ」

「貴女だって、いずれは年を取るのよ。皺《しわ》とシミだらけ、体がたるんだ自分を見てそう言えるの？」

「うるさい！　負け惜しみは止めな！」

鉄格子を足で蹴られ、ビックリ。魔獣もまた騒ぎ出しちゃったじゃない。

「足癖わるっ。これが大聖女？」

皮肉を込めた私の言葉にエルミリアは怒りを露《あら》わにしたけれど、そこから醜悪な表情に変わった。

歪《ゆが》んだ微笑みを私に見せる。

「まあ、あんたは私の美貌を保つ糧《かて》になってもらうから、若いままで死ねるわね。感謝しなさい」

「……何をするつもり？」

エルミリアは、ウットリとした様子で両腕を広げる。

「ここは私の実験場。魔獣同士を戦わせてわたくしが楽しむところなの。もちろん、人対魔獣でも戦わせているわ。それが一番心が躍るわね。だって、その血で作った薬が一番美しさを保つのに効果があるのですもの」

「……な、なんですって？」

「恐怖で死んだ者より、最後まで諦めずに戦って死んだ者のほうが、気力も流れる血も精《せい》錬（れん）で力があるわ。わたくしは『魔酔せの花』の球根と引き換えに『若さを保つ』秘薬の作り方を伝授してもらったのよ」

　――まさか。

「……魔女から。リコリスの師匠と、取引をしたのね」

「助け合いよ。わたくしは国が欲しいの。権力が欲しいのよ。そのためにも美しくなければならない。今の美貌を損なうわけにはいかないの。『美しく賢く優しい、まるで女神のような統治者』を目指しているのだから。そしてあの老魔女は、ウェズリンの民に復讐したかった。互いの利益が一致した結果なのよ」

　ホホホと、楽しそうに笑うエルミリアの表情にゾッとする。

「あなたは聖女でも魔女でもないわ！　犯罪者、極悪人よ！」

「吠《ほ》えてなさい。どうせ誰も助けにこないわ、あなたの恋人だってね。ここは秘密の場所だもの。陛下と一部の重臣しか知らない。……だって、ここを造った者たちは全員、魔獣の犠牲になったもの。まあ、わたくしに従うというなら……助けてあげてもいいわ。『異世界通販』で購入した珍しい品を、わたくしに献上《けんじょう》できるわよね？」

「貴女には飴玉一つだって買ってやらないわ。購入した品で悪い使い方をされたくないもの！」

　そうよ、「この国が欲しい」とハッキリ欲望を晒《さら》したエルミリアには絶対に、前世の世界で流通している品なんて購入しない。

経験値が上がってもし、武器なんて購入できるようになったら……ううん、車だって人を殺せるし、ガソリンや灯油、火薬に、危険な薬だってある。

（エルミリアにばれたら……この世界を欲しがるわ、きっと）

背筋に冷や汗が流れる。

これはエルミリアに限ってのことじゃない。他の人だって購入と引き換えにできる品が際限なくあれば、好きな物を好きなだけ取り寄せることが出来る、購入できると、危険な物まで欲しがるようになる。

私は『異世界通販』の使い方を、決して間違ってはいけないんだ。

——固く心に誓う。

「ギフトは与えられた者たちの特権よ。神から与えられたもの。それをどう使っても神がお許しになるわ。私たちは選ばれた者なのよ？　なぜ、国の手足にならなくちゃいけないのかしら？　このギフトの力でわたくしは現人神《あらひとがみ》になるのよ」

「現人神？　違うわ、悪魔よ、貴女は」

「ウフフ、誉め言葉かしら？　——さあ、お喋りはおしまい。ショーを始めるわ」

私が入っている牢屋の扉が開く。私はウエストポーチに手を掛けた。

エルミリアは胡散臭そうに私のポーチを指さす。

「貴女、その腰に付けたものは何？」

「食べ物です。どうせ食事をくれないと思ったから、私のギフトで出したんです」

ほら、とポーチの中を開いて見せるとエルミリアは鼻で笑った。

「碌《ろく》な物、出せないのね」

「そんなこと、ありませんよ～。肌をピチピチにする化粧品だって出せます～」

エルミリアの顔がパァッと煌《きら》めいた。

（ふふ、やっぱりコスメ系に弱いな）

「あと、小じわ用の美容エキスとかぁ、顔を引き締めて艶《つや》やかにする美容マスクというものも『異世界通販』で購入できるんですよね～」

私は、ポーチの中をチラチラ見せつけながら話す。

「ああ、でもエルミリア様には必要ありませんよね～。私ってば、最近ずっと外での仕事だったからシミやそばかすが心配になって、それに効く飲み薬を聖力でこっそり購入したんです～。これがすごい効果あるんですよ～」

これですよ、これ、と私はわざとらしく、ポーチに入っている円錐《えんすい》の物をチラチラと彼女に見せる。

「……そんなものまでギフトで購入できるの？」

エルミリアの表情が変わった。生唾を飲み込みながら私に近づいてくる。

「その、シミ・ソバカス用の飲み薬、見せなさい！」

「ええ、いいですよ——っ！」

我慢ならずと、牢屋の中に入ってきたエルミリアに向かって私が見せた物——それは、クラッカー。

——パァン！

エルミリアに向かってクラッカーを鳴らす。

「ぎゃあああっ！」

顔に似合わない叫び声を出すエルミリアの横をすり抜ける。

「待て！」と兵士が制止させようとするけれど、待ってたまるかとクラッカーをもう一発！

この世界にない上に、大きな音を鳴らすからビックリどころか、怖がるのは当たり前だよね。

兵士も恐怖で腰を抜かしてる。

私はその隙に牢屋から出て、扉を閉めると閂《かんぬき》をかけた。

「クリスタベル！　閂を外しなさい！」

「嫌です！」

「こんなことしたって無駄よ！　ある程度の距離なら私が近くにいなくたって魔獣を操る

ことができるんだから！　あんたなんて魔獣の餌にしてくれる！」

「魔獣……放し飼いにしているってこと？」

エルミリアの真っ赤な唇の端が上がった。

グルルル……と魔獣の唸り声がゆっくりと自分に近づいてきているのがわかった。

◇◇◇

「ベルが部屋に戻ってきていない？」

ライオネルの部屋で今後のことで話し合っている中、ベルの臨時の侍女だという女性が尋ねにきた。

「確かに午後のお時間を空けておくように仰せつかりましたが、部屋に戻ってこない、ということは聞いていなかったので……。ディラン様と戻ってくるのかと――申し訳ありません！　細かくお尋ねしておくべきでした！」

侍女は膝に額が付くんじゃないかと思うくらい頭を下げ、謝罪してくる。

国王裁判が長引いているとの情報が入ってきていて、だから帰ってこないんだくらいしか思っていなかったと、自分の甘い考えに後悔している様子だった。

「けれど、夕方になってもお戻りにならないので、これはおかしいと思って、探したのですが……」

俺とライオネルは嫌な予感に顔を見合わせる。

「君は一度、王妃の部屋に戻りたまえ。時間に来ないと母が心配する」

彼女は元々、王妃付きの侍女だそうでベルにつくのは、侍女が決まるまでとのこと。

「かしこまりました。王妃様にお伝えしてから、クリスタベル様をお探しします」

彼女は一礼して早歩きで去っていった。

侍女にしては行動が騎士みたいな機敏さがあるな、と思いながら見送る。

「探そう」

騎士団を招集してベルの捜索を頼み、俺もベルがいそうな場所を歩く。

ギフトが使えるようになる前にいた城の壁とか、元のベルの部屋に、洗濯所や王宮の厨房。

かつて彼女は、ギフトが使えない代わりに何か役に立てないかと、そういった場所に行っては仕事を探していた。

けれど、ベルを見かけた者は一人もいなかった。

もしかしたら俺やライオネル殿下に会うために、王家居住区画に入る許可を取りに王務室に出向いたかと行ってみても、事務官たちは首を横に振るだけだった。

ここまで誰もベルの姿を見ていないなんて、まずいんじゃないのか？

「……もしかしたら、こっそりリコリスのところに？」

リコリスが収監されている場所へ足を進めている途中で、ライオネルと鉢合わせになった。

後ろにはリコリスがいて、思わず俺は声を荒げた。

「――殿下！　いくらベルを探すためだといえ違反はいけません！」

「わかっている、特例だ。……それに制約魔法を彼女自身がかけている」

リコリスは頷いた。

「あたしが逃げる意志、または王族を傷つける行為をしたら、自分自身の命をもって罰を下す魔法をかけました」

ほら、と左の手の甲を見せる。そこには小さな魔法陣円が消えては浮かび上がっていた。

「ベルがいなくなったって聞いて、居ても立ってても居られないよ。見つかったらちゃんと牢屋に戻ると約束するから、ベルを探すのに協力させて」

お願い、と深々と頭を下げてくるリコリス。先ほども侍女にも思いっきり頭を下げられた俺はよほど怖いのだろうか？　と思いながらも俺は頷いた。

しばらくして俺の元に、騎士団員たちが集まってくる。皆、残念そうに頭を横に振った。

「あと、探していない場所というと……」

「王家居住区だが……あそこは忍び込もうとしても、忍び込めるところではない」

腕利きの王宮魔法使いたちが定期的に魔力を魔石に注ぎ込み、魔法結界を張っており、魔法攻撃も呪いも弾く。

物理の攻撃は数ある騎士団たちが昼夜問わず見回りをして、不審者や侵入者を防いでいる。

「……王宮から出た、ということか？」

「どうして王宮から出る必要がある？」

ライオネルと首を傾げる。

「あたしがこんなこと言うの、生意気だと思われるかもしれないけれど……」

リコリスが口を開いた。

「良い、申してみよ」

「『絶対安全』という言葉はないと思う。絶対の防御を誇る王家居住区だというけれど、人が作ったものは、人が覆す。それにベルは、『異世界通販』で不思議な道具を購入できるし。それを使って侵入できるんじゃないかと」

「ベルが黙って勝手に入るような奴だと思っているのか？　リコリスは」

カチンときてしまい、つい声を荒げてしまった俺にリコリスは「違うよ」と、冷静に返してくる。

「まったく、ベルのことになると冷静さに欠けるんだから、ディランは。本人にその気がなくても、あんな便利なギフトを持つベルに接触してきた奴がいたっておかしくないだろう？　ってこと。それが王家居住区に出入り自由な人間だったら――？　本人にその気がなくても、いや、何かうまい話に魅かれてついていったかもしれないよ」

リコリスに「ベルのことになると冷静さがなくなる」と、ハッキリと言われ、落ち着こうと深く息を吐いて、言った。

「そうでなくても、無理に『異世界通販』から購入させようと、拉致《らち》しているかもしれないな」

「……一番、可能性があるのは父である国王だが、今は部屋に軟禁して見張りをつけている。勝手に抜け出すのは難しい」

とライオネル。

「とにかく、王家居住区も捜索をさせてもらう。いいだろうか？」

「確かにリコリスの言う通りだ。油断はしてはいけなかった――リコリス、礼を言う。ありがとう」

「……い、いえ、そんなこと……。生意気なこと言ったかなって思ったけど、役にたったようで何よりです」

王太子殿下という地位の者に礼を言われ、リコリスは恥ずかしくなったのか頬を染めて小さく縮こまった。

普段、気質が雄々しいリコリスが、こういう態度をとるのは非常に珍しい。

「王家居住区の出入りを許可する。クリスタベル・ファルの捜索を続行。不審な言動をする者を注意深く探れ」

「承知しました。――行くぞ！」

俺は騎士団に号令して、王家居住区になだれ込んだ。

「殿下！」

ライオネルを呼び止めたのは、先ほどの侍女だった。

「どうした？　母上に異変が？」

「違います。王妃様の部屋の床から異音がするんです！　すぐに殿下をお呼びするようにと」

――異音？

「数名、ついてこい！」

王妃の間に入る。

「王妃様、急用につき、入室することをお許しください」

「構いません。こっちです」

王妃は体調不良でずっと臥せっていたとは思えないほど、凛とした佇まいで、俺たちを迎え入れた。

入った部屋は寝室だ。

「急に、床から奇妙な音が鳴りだしたのです。……今は、先ほどよりは落ち着いておりますが……。床に耳を当ててごらんなさい」

俺とライオネルはしゃがみ、床に耳を当てる。

フォンオンフォンオン――

「……笛の音？　いや、犬の鳴き声か？」

「にしては、耳にしたことのない音だぞ？」

なんだろう？　と互いに顔を見合わせた瞬間だった。

「たーすーけーてー！　誰かぁぁぁあああああ！」

ベルの絶叫に俺は青ざめた。

「地下？」

「地下ってあったのか？」

「ないぞ」

「じゃあ、どうして床下から？」

「床下じゃなくて地下だろ！」

「だから王家居住区の下に地下なんてないと……いや、父に聞いてみよう」

嫌な予感がするという表情になったライオネル。

「別部隊は地下への出入り口を探せ！　急げ！　クリスタベル殿が危ない！　念のためにエルミリアの部屋の中も探すんだ！」

騎士たちの報告はすぐだった。

「殿下！　エルミリアが部屋にいません！」

「見張りの兵士はどうした？」

「その者も見つかりません！」

「ディランはエルミリアの部屋を捜索。もし隠し扉や通路を見つけたら、俺を待たずに突撃してくれ。俺は、父を絞めてくる」

「殺すなよ？　女に狂っているとはいえ、さすがに親殺しは賛成しかねる」

殺気立っているライオネルに、俺はなだめるように告げる。

「安心しろ。半殺しにするだけだ」

と去り際に早口で呟かれた。

しっかりそれを聞いたリコリスは、

「きっと治癒に優れた聖女がいるでしょ。……ベルが無事じゃなかったら、意識を失わずに体の肉を削ぐ方法を教えてあげるよ」

と、より恐ろしいことを言った。

◇◇◇

魔獣が獲物を求めて唸る声は、その大きな口と鋭い牙に食われることを容易に想像してしまうほどだ。

飢えている、とわかるからだ。

ううん、きっと一度噛みつかれたことがあるから、わかるんだ。

――今度は、すぐにやられないから！

「ほら、早くわたくしをここから出しなさい。そうしたら魔獣たちを大人しくさせてもいいわ」

エルミリアは賤しい笑みを浮かべる。

「とにかく、この場所を城の兵士たちに知らせればいいんでしょ」

「はっ！　聞こえないように防音しているのに決まっているでしょう？　すぐにわかるような馬鹿な造りはしないわよ」

とエルミリア。

（魔法か誰かのギフトか……どちらにしろ、助けは絶望的ってこと？）

なら――。

「エルミリア、出口はどこ？」

「誰が教えるものですか。　魔獣に追いかけられながら自分で探しなさいよ。まあ、食べられちゃうかしらね」

あはは、と楽しそうに笑う彼女は本当に性根《しょうね》が腐ってる！

何か使える物はないかしら？　と私は購入画面を開く。

検索したらあるものが香水として売られていて「いったい何の意味が？」

と思いつつ、時間稼ぎになるかもと購入した。

「悠長に選んでいる時間はあって？　わたくしが聖力を声に乗せて命じればクリスタベル！　お前なんかあっという間に魔獣の腹の中よ！」

「うるさい！　ちょっと黙ってて！」

わたしはワンピースを翻し、太腿に隠していたモデルガンをエルミリアに向けた。

「な、なによ……それ」

「オモチャよ。でも、当たる場所によっては殺傷能力があるかもね」

エルミリアにはさぞ奇妙な形の物を出してきたと、思っているのだろう。訝《いぶか》し気《げ》に目を眇めてすぐに、また人を馬鹿にした顔になった。

「オモチャの武器ってわけ？　そんな小さな物でわたくしを傷つけることなんて――」

パアン、という破裂音にエルミリアも兵士も大きく目を見開き、固まった。

二人の後ろの壁に穴が空いている。追加にパンパンと二発。

いきなり壁に穴が二つ空いて、二人の顔が青ざめていく。

（けっこう、強力だわ……。これ、まずい。人に向かって撃ってはいけないやつ）

無事に生きて帰れたら返品するか、壊してどこかに埋めよう、なんて考えつつ私は余裕の顔をしてエルミリアに尋ねた。

「出口はどこ？　それと、防音の解除って？　教えなさい。きちんと教えないとあなたの体に穴が空いちゃうかも。撃つの始めてだからノーコンだしぃ」

「……あんたの左手の通路を真っすぐよ。突き当たりを左」

「防音の魔法は？　これは誰かのギフト？」

「まさか、魔道具よ。地下室の数ヶ所に置いて結界を張ってるわ」

「そう」

私は右手に向いて歩き出す
「ちょっと！　なんで反対側に行くのよ！」

「あっさり白状したから嘘かなぁって……」

「くっ……疑い深い子ね！」

そんな悔しい顔したら、やっぱり嘘の方角言ってるってバレバレでしょう。

「――わたくしの僕の獣たち！　こっちに来なさい！」

「!?」

地を蹴る鋭い爪の音に、荒い息遣いが近づいてくる。あっという間にやってきた魔獣は前世にいた虎の模様をしていた。虎よりずっと大型だし、牙も鋭いし、なんだか尻尾《しっぽ》が蛇《へび》だし、足は鳥みたいだし、顔は人と虎《とら》をミックスしたような感じだ。

それが三匹揃って現れて、私の度肝《どぎも》を抜かれた。

「あはははは！　食われてしまいなさい！」

笑うエルミリア。

「私が食べられたら、誰も助けに来ないからあなたたちは一生、そこから出られないんじゃないの？」

「陛下が助けにくるわ。あの男はもう、わたくし無しでは生きられないようになっているのだから！」

「陛下にもなにかしたのね！」

「この国はわたくしのものよ！」

あはははははと高らかに笑うと、エルミリアは私を指し、

「さあ！　可愛いわたくしの獣たち！　若い女の肉をあげるわ！　たんと食べなさい」

と命じた。

(冗談じゃないわ！)

「――少しでも食われる恐怖を味わうといいわ！」

私は、先ほど購入した香水をエルミリア目掛けて投げた。

香水は床に落ちて割れ、中身の液体が流れ出る。

「これは――」

エルミリアの顔が恐怖で歪んだ。

「私のギフトである『異世界通販』は、経験値が上がると、私の世界にある物も売るのよ。……どうやらどこかの国で『魔酔せの花』で香水を作ったようよ」

魔獣が酒を浴びるほど呑んだような酩酊状態になるこの花の香りは、エルミリアの『魅了』より精神を支配するのかわからなかったけれど――どうやら、効果はあったみたいだ。

私を狙って、牙をむき出しにしていた魔獣たちは香りを嗅いだ瞬間、真っすぐにエルミリアの入っている牢屋に突進していった。

「お止め！　わたくしが分からないの？　お前たちの愛《いと》しい主人なのよ？」

「鉄格子が耐えてる間、どうにかしたほうが早いと思うわ」

魔獣がガチャガチャンと激しく鉄格子を叩いたり、噛みついたりして折ろうとしている中、私はエルミリアにそう言うと出口を見つけに走った。

真っ先に、私が解決しなくちゃいけないことは二つ。
一、出入り口を見つけること。

二、防音の魔道具を壊すこと。
地下室の造りは複雑で迷路っぽい。私は目印にするために手で切れる赤色テープを購入して、壁に貼っていく。

私は、周囲に目をやりながらそれらしい道具を探す。

――あ。

同じ形の、瑠璃色《るりいろ》の燭台《しょくだい》。

さっきもあった。こんな場所に相応しくないような上品な形でかつ、繊細な模様が施《ほどこ》された物。

私は一つ手に取ってみる。

――ピロン。

私の『異世界通販』が反応した！

早速、画面を開き確認してみると――ありました！

「『防音魔道具』『防音を施したい部屋を囲むように設置すれば、音をシャットアウト。外に漏らしません』『防音有効期限一年』へぇ、値段のわりには、寿命は短いのね」

結構なお値段に唸ってしまったけれど、そんな悠長なことを言っている場合ではなく、私は、

「なら、一つでも壊せば囲いがなくなるから、防音効果はなくなるはずだわ」

と、燭台を手に取ると、思いっきり叩き落とし、それから足で踏みつつ、曲げていく。

結構丈夫な代物《しろもの》でなかなか曲がらないので、前世の工具を購入。

足で体重をかけて鉄筋を折るという工具を発見し、購入。試してみる。

「……これ、すごい。楽にできる」

私は念には念を入れて百八十度曲げると、燭台はポキリと折れてしまった。前世の工具の勝利だ。

「これでどう？　あとは私が声を上げて助けを求めながら出口を探すと……」

私はもう一つ購入する。

それは――ハンドメガホン！

「万が一、防音機能が損なわれていなくて、声が届かなかったら私の聖力を声に乗せて外の人たちに聞こえるように……って、できないかしら？」

無事に脱出できたら、そういうのを作ってもらってもいいかもしれない。

さあ、とにかく！

「助けを呼ぶんだから！」

と、むんずと掴んだら、何かのスイッチを押してしまったらしい。

刹那、大きな警報音がなる。

「わっ！　わわっ！　音が大きい！　どこ？　どこを押せば？」

音量が最大になっている。私は慌てて音量を下げようとスイッチを探す。

どこを押せば止まるのか、焦っているせいかどこだかわからない。

ようやく止めることができて、胸を撫で下ろした。

「……大音量だったから、これで気づいてくれたならいいんだけれど」

ディランの顔が浮かぶ。

「きっと心配しているよね……？」

この音に気づいて駆けつけてくれればいいんだけれど、あくまでも希望だ。

（だって私、ディランに苛立《いらだ》ちをぶつけたままだもん）

ディランだって、八つ当たりされて怒ってるに違いない。

心配して探してくれているなんて、見通しが甘すぎる。すぐに謝ればよかったな。

（ううん。もしかしたら、謝れないまま会えなくなるかも……）

ゾッとしたと同時、哀しくなった。

ディランに会いたい。会って、謝るんだ。

私はハンドスピーカーを天井に向けると、声を張り上げた。

「たーすーけーてー！　誰かぁぁぁあああああ！」

ハンドメガホンで助けを呼びながら、出口を探していると、どこからか駆ける足音が聞こえる。

魔獣の足音じゃない、人の足音だ！

（助かった？　ううん、もしかしたらエルミリアに魅了された陛下とか兵士とかじゃ……）

その可能性に私は体を震わせる。

確認してから姿を見せたほうがいいよね？　と、どこか隠れる場所を探すも、牢屋しかない。牢屋は隠れる場所なんてないよ～。

モタモタしているうちに足音は近づいてくる。

どうしよう？　とオロオロしていたら私が一番聞きたかった声が耳に届いた。

「ベル！　どこだ！　いたら返事をしてくれ！」

――ディラン！

「ここー！　ディラン、私はここよ！」

私はハンドメガホンなしで、彼の名を呼ぶ。

声の方角に向かって駆けだそうとすると、

「動かず、声を出してそこにいるんだ！」

「はい！」

迷路のような地下だ。下手に動いて離れてしまったら、私を見つけられなくなるということなんだろう。

「ディラン！　私、赤いテープを壁に貼って歩いたの。見つけたらそれを目印にきて！」

「――あった！　わかった、すぐに行く！」

私は壁に背中を擦りつけるようにしゃがんだ。

ディランが助けにきてくれた。　それを知って、体中の力が抜けてしまった。

思ったよりずっとずっと緊張していたんだ、私。

「……ディラン、ディラン！」

彼の名を何度も呼ぶ。

「――ベル！」

ディランの声に、私は真っすぐに伸びる通路に目を向ける。

「ディラン！」

私は足に力を入れ、立ち上がる。

立ち上がった瞬間、私の体はディランに受けとめられて、彼の胸の中にいた。

「よかった。無事で……君が魔獣に襲われたときも生きた心地がしなかったけれど……王宮で消えたと聞いて同じくらいだった」

「ごめんなさい、ディラン……」

「よかった、本当によかった」

強く腕の中に抱き入れてくれる。彼の温かい腕と胸の鼓動に私は声を上げて泣いてしまった。

「怖かった……怖かった……っ。ディランに謝る前に死んでしまったら……って」

「俺もあのとき、追いかけるべきだったんだ……。すまなかった」

「ううん」と私は泣きながら頭を横に振る。

たくさんの兵士たちが地下で奔走《ほんそう》している中、私はディランの腕の中で安心しきってしまい、そのまま気を失ってしまった。

◇十二章　私は『異世界通販』の聖女クリスタベル・ファル

それから——大聖女エルミリア・コーネの大罪に、王宮だけでなく国中が大騒ぎになった。

王室居住区に彼女の個室がしつらえていて、その部屋から魔獣の実験室である地下室を造っていたのだ。

彼女は外から密かに魔獣を引き入れ、魔獣同士を戦わせたり、人と魔獣を戦わせたりと楽しんでいた。

そして、人々を一番震撼《しんかん》させたのは、その血を利用して若返りの秘薬を作っていたという事実だった。

エルミリアのギフトは『魅了』で『魔獣を魅了させ、操る』のみでなく、人をも魅了させ操ることができるものだったのだ。

最初は本当に『魔獣を操れる』だけだったのが、経験値が上がり人をも操ることができるようになって、欲が出たらしい。

エルミリアにとって有益なギフトを持つ聖女を『魅了』で懐《ふところ》に収め、王国を手に入れる画策をしていたことが発覚。

それは『魅了』を解かれた聖女の告白でわかった。

『複製して貼り付ける力《コピー&ペースト》』を持つ聖女に大聖女であった王妃様のギフトを複製して、エルミリアに貼りつけた。

けれど、王妃様のギフトを奪ったわけではないので、王妃様も使える。

そこで上役の王宮魔法使いをも『魅了』で誘惑し、罪を犯した魔法使いや聖女・聖人たちのみに使うことが許されている『能力を封印する』魔法を王妃にかけたのだという。

大きな結界を張れるようになったエルミリアは、国王を『魅了』にかけ、王妃をゆっくり弱らせて殺すことを計画。

――アルシア国を支配しようとしていた。

予想外だったのは王太子ライオネルに『魅了』が効かなかったことだという。

それについてはライオネルに心当たりがあったそうだ。

「私が生まれたとき、祝いとして当時生存していた聖女から『贈りもの』として受け取ったギフトがあった。それで効かなかったのではなかろうか」

『呪いを弾く』というギフト。

「『魅了』も人の感情を狂わせて対象者のことしか考えられなくなるのだから、『呪い』と呼んでもおかしくはないのだろう」とライオネル。

　王妃に毒を盛っていた侍女は、金でエルミリアに協力していた。その者はエルミリアと共に大罪《たいざい》にて極刑《きょっけい》となった。

　薬師や王宮魔法使いに王妃の容体にあった薬を作らせてもよくなるどころか、悪くなる一方で、念のために腹心の部下の妹騎士を侍女に扮装させて、王妃の身の回りの動向を探らせていたという。

　王妃付きの侍女の一人が、おかしな行動を取るのを見た妹騎士は直《ただ》ちに拘束。

　その後、体調が好転してきた王妃直々に「しばらく『異世界通販』のギフトを持つ聖女のお世話をしてほしい」と頼まれたのだという。

　ギフトの内容を知った王妃は「便利すぎるギフトを持つ聖女が、訳も分からず権力者に利用されることのないように」という理由からだそう。

　全てが明るみになった今――。

　私はディランからここまで聞いて、盛大に息を吐いた。

　だって、エルミリアの国を乗っ取る計画が怖すぎて、浅い呼吸しかできなかったんだもの。

　ここでライオネル殿下がエルミリアの『魅了』にかかってしまっていたら、この国はどうなっていたんだろうって。

「……殿下の、他の聖女から受け取ったギフトが有効でよかった」

「ああ、もし、そのギフトがなかったら今頃、アルシア国はエルミリアの好き放題にされていた」

好きに魔獣を町に放ち、好みの男性を侍らせて、他の聖女のギフトも自分の好きに使っていた。

きっと私の『異世界通販』だって、エルミリアの化粧代やアクセサリーに衣装に消えて、聖力や生命力が枯渇《こかつ》して死んでいたかもしれない。

「想像するだけでぞっとするわ！　阻止できてよかった！」

「王妃様も徐々に回復してきてる。まだ無理はしなくてもいいと殿下が止めているのに、大聖女として同じギフトを持つ聖女や聖人と国の結界を施しているよ」

「たいへんね。王妃様に、牧師様をハッスルさせた栄養ドリンクを差し入れに持っていこうかな」

「大丈夫か？」

ディランの心配に私は、

「平気よ。栄養ドリンク差し入れするくらいなら。けっこう経験値が上がったから、そのくらいで倒れたり疲れたりしませんせん」

と、腕を上げて力こぶを作って見せる。まあ、女の柔腕《やわうで》なので小さく出るくらいですが。

そんな私を見てディランがおかしそうに笑った。

ん？　なんかおかしなこと言った？　私？

「違う違う。栄養ドリンクなんてものを飲ませたら、牧師様みたいに筋肉隆々《りゅうりゅう》になったりしないか？　という話」

「あ～。でも、牧師様の場合は肉体が一時的に若返っただけで、王妃様が筋肉モリモリになるわけじゃ……」

と、そこまで言って、つい筋肉マッスルの王妃様を想像して笑ってしまった。

ひとしきり笑いあうと、私とディランはどちらからともなく、体を寄せ合った。

肩を抱く彼の手が大きくて温かい。全身に彼の気持ちが行きわたっている感じがしてポカポカしてる。

「ディランがエルミリアの『魅了』にかからなくてよかった……」

「俺にはかけるつもりなんて、なかったんじゃないかな」

「でも、ディランはカッコいいから……」

急にディランがむせ始めた。なんか変なこと言ったかな、私？

「そうそう」とディランは国王陛下含む、『魅了』にかけられた人たちのことを話し始めた。

国王陛下は、最初だけ『魅了』をかけていたとエルミリアは話していたが、本当は継続的にかけていたそうだ。長い間かけられたせいで虚ろな状態だという。

それは『魅了』をかけられた者たちも同じで一日、ぼんやりとしているのだそう。

時間をかけて自分を取り戻すしかないそうで皆、療養のために静かな土地に移ったと聞いた。

「これから大規模な人事異動が行われ、エルミリアに加担《かたん》した臣下たちの断罪も行われる予定だ」

「そうなのね」

「王宮内が騒がしくなるし、俺も殿下の護衛でお傍にいるから今日みたいにしばらくはゆっくりできそうもない。すまない」

私は首を横に振る。

「私も上級聖女として、忙しく立ち回る皆さんのために『異世界通販』で差し入れするつもり。――それに」

「それに？」

「ずっとずっと好きだったディランと、こうしていられるだけで本当に幸せを感じるの。これ以上贅沢を望んだら、罰が当たりそう」

「……これで『罰が当たる』なんて言われたら、この先まずいな」

ディランが、困ったような顔をして私を見つめる。

「……何かまずいことでも起きるの？」

「――こんなことしたらベルが、瀕死《ひんし》の状態になるんじゃないかな……って」

「えっ……」

彼の顔が近づく。

温かで、少し固めの感触が唇に触れた。

それが私にとってのファーストキスだということに気づいたとき、瀕死にはならなかったけれど、熱をだして丸一日寝込んでしまった。


それから三か月――。

リコリスの再公判日。

エルミリアの大罪の判決でリコリスの再公判は遅れに遅れた。

三か月後、ようやくこうして裁判が行われる。

王の台座には代理としてライオネル殿下。その横に座るのは殿下の母君である王妃様。

顔色もずっと良くなって、背筋もシャンとしている姿に私はホッとした。

「リコリス・レイバーの生きてきた経緯を考えるに、同情する。『真実を話したら再び領民から虐《しいた》げられ、追い出されるかもしれない』という不安から、師が植えたという『魔酔せの花』の存在を隠し、自分一人で対処しようとしたことも頷ける。師である魔女の犯情《はんじょう》も理解できる。その心情をエルミリア・コーネに利用されたのだ。だが、それによって領民が命の危険に晒されたこと、そして国から派遣された騎士団にも同じ状況になった。

――この点は許されないことだ。わかるね？」

「はい」

リコリスはライオネル殿下に向かって、真っすぐ顔を向け頷いた。

「リコリス・レイバーはこれから一年間、無償でクリスタベル・ファルの侍女に命じる」

「――えっ？」

「そこ、発言は慎め」

思わず私が聞き返してしまい、ライオネル殿下に叱られる。すみません。

「一年、クリスタベル・ファルの侍女をして、それから一年は魔法庁に勤めよ。以降はウエズリン領地に戻り、領民のために尽くしなさい。それがリコリス・レイバーの判決である――異議がなければこれで閉廷《へいてい》とす！」

ライオネル殿下は母君の手を引いて退席をした。その後、メンツの変わった重臣たちも退場。

残された私とリコリスは、互いに顔をあわせる。

「よかったね、リコリス」

「……うん」

この三か月の間で、リコリスの態度も緩和された。

彼女を変えた理由は、ウェズリン領主から送られてくる領民たちからの手紙や、言付《ことづ》けだった。

月に一度封書に民からの手紙、文字が書けない者は領主が代筆。子供からはリコリスの自画像やウェズリンに咲く花のしおりなど封書がパンパンになるほど詰められていて、リコリスの帰りを待ちわびているのが手に取るようにわかった。

領主も「どうか冷たい牢屋に入れないでほしい」と懇願をしに王宮まできてくれた。

リコリスは犯罪重要人物としては好待遇の扱いで、個室を使える使用人たちと同じ部屋に移された。

もちろん、判決が下る三か月間の彼女の態度も、刑が軽くなる要素の一つだったんだろう。

王妃様の解毒に一役買ったし、『魅了』で精神が乱された者たちに効果のある薬の開発にも協力した。

また、まだ王妃の体力が戻らず結界が乱れてしまうので、持続する魔法陣なるものを提供した。

『リコリスという魔女の能力は凄い！　王宮に引き入れたい！』

という魔法庁からの懇願まであった。

リコリスは「嫌だ」と断ったそうだけれど……一年は魔法庁に勤めなくちゃいけなくなったのはそこの魔法使いたちの懇願もあったんだろうな。

有能すぎるよ、さすがリコリス！　私も友達として鼻が高い。


――まあ、それは置いておいて。

私とリコリスはもじもじしあって、互いの顔を見てはニヤニヤしている。

それを脇で見ていたディランが、

「ほら、なに恥ずかしがってるんだ」

と、私とリコリスの手を取ると重ね合わせた。

「一年間はベルの侍女をしなくちゃいけないんだ。これからのこと、話したらいい」

「そうだった。リコリスは私の侍女になるんだった」

「そういうことね。侍女の仕事って、なにをするのかわからないけれど、まあよろしく」

あっという間に以前のリコリスに戻り、私は笑ってしまう。

「？　おかしなこと言った？　私」

「ううん。嬉しくて笑ったの」

そう答えたらリコリスは肩を竦めた。

「そうだ、前の約束。覚えてる？」

「お茶会しようって話？　もちろん！」

「今からお茶会しよう！　美味しいお菓子や紅茶を飲んで、これからのことを話しましょうよ」

「賛成！」

「異議なし！」

リコリスと一緒にディランまで言ってきたので、私とリコリスは「えっ？」という顔をして言い返した。

「いや、これ女子会だから」

「そうそう、それと侍女のことで色々話さなきゃいけないし。それにディランは仕事でしょう」

私たちの冷たい言葉にディランは、肩を落とす。エルミリアに攫われて以来、ディランは私に過保護になった。

時間が空くと私に会いに来て、べったりなのだ。

「また魔獣に襲われて瀕死になったり、悪者に攫われたりしたら生きた心地がしない。俺がベルの傍にいるのが一番安全だ」

と、肩を抱く。

恥ずかしいけれど、それが嬉しかったりしてもう自分、立派な恋する乙女になってるわ。

「あとでお菓子をおすそ分けしに行くわ」

「楽しみにしてる。リコリス、俺の代わりにベルをしっかり守ってくれ」

「はーっ、すっかりベルに夢中だねぇ。わかったよ」

呆れたように返事をしたリコリスに、ディランは照れ笑いをしながら仕事場に戻っていった。

今日はライオネル殿下の護衛をするはず。殿下の分の菓子も用意しよう。

「クリスタベル様」

私の名を呼ぶのは仮でやってきた侍女さん。

結局、本採用になってしまった。けれど彼女は元々女性騎士なので、護衛の類に入るということ。

「クリスタベル様に、ご面会したいと飛び込みでいらっしゃった方がいまして。如何しましょう?」

「せっかくいらっしゃったのですから、お会いします。でも、この方で今日の面会は無しでお願いします」

上級聖女になってから、人々が頻繁に面会を希望してくるようになった。

半分物珍しさから。もう半分は、欲求を満たすために私のギフトを授かることを希望する。

「リコリス、ちょっと私の部屋で待っててね。終わったらすぐ行くから」

「了解」と彼女は物分かりよく、兵士に案内されていった。

「さて、お仕事しますか」


「オープン」

私は寿《ことほ》ぎの言葉を口にする。

通販画面が開く。

「あなたの望む品はなんでしょうか？　ただし、危険な品は購入しません。私は相手を笑顔にするものしか購入しない『異世界通販』の聖女クリスタベル・ファルなんです」

私はそうハッキリと答えると、面会に来た方に笑顔を向けた。

おわり

コスミック文庫α

役立《やくた》たず聖女《せいじょ》でしたが『異世界通販《いせかいつうはん》』で辺境《へんきょう》の地《ち》を救《すく》ったら騎士団長《きしだんちょう》に求愛《きゅうあい》されました

2025年5月1日　初版発行

【著者】　鳴澤《なるさわ》うた
【発行人】　松岡太朗
【発行】　株式会社コスミック出版
〒154-0002　東京都世田谷区下馬 6-15-4
【お問い合わせ】　一営業部一　TEL 03(5432)7084　FAX 03(5432)7088
一編集部一　TEL 03(5432)7086　FAX 03(5432)7090
【ホームページ】　https://www.cosmicpub.com/
【振替口座】　00110-8-611382
【印刷／製本】　中央精版印刷株式会社

ISBN978-4-7747-6644-7 C0193